Portrait d'outre-tombe

R.L. STINE

R.L. Stine est né en 1943, à Bexley, dans la banlieue de Columbus, Ohio. Fils aîné d'une famille modeste, il découvre une vieille machine dans son grenier et décide d'écrire son premier recueil d'histoires drôles. Diplômé de l'Université de l'Ohio, il part en 1967 pour New York dans l'espoir de s'y voir consacrer écrivain. Il sera d'abord rédacteur en chef du magazine humoristique pour enfants Bananas. *Un an plus tard, il y rencontre sa femme, Jane, avec qui il aura un fils, Matt.*
Il décide alors de se lancer dans un genre nouveau : les livres d'épouvante pour les jeunes. Il connaît un énorme succès et chacun de ses livres est un best-seller. Quand on lui demande d'où lui viennent ses idées, il répond s'inspirer du mode de vie et du langage de son fils, auxquels il mêle les frayeurs du petit garçon qu'il était. Il vit depuis plus de vingt ans à Manhattan, où il écrit tous les jours, dans son appartement près de Central Park.

R.L. Stine

Portrait d'outre tombe

Traduit de l'américain
par Véronique Vaquette

Éditions J'ai lu

Titre original :
FEAR STREET™ — THE FACE
This edition published by arrangement with the original publisher, Pocket Books, a division of Simon & Schuster Inc., New York

PROLOGUE

J'ai rêvé que je dessinais un fil d'argent.

Mon carnet à dessin était appuyé contre un mur blanc, et, tandis que je considérais la feuille immaculée, ma main se mit à tracer, lentement et sans la moindre hésitation, une ligne argentée en travers de la page.

La ligne étincelait, froide, glacée.

Je tirai un nouveau trait d'argent et dessinai ensuite un cercle.

Puis j'arrachai la feuille du carnet, et, du plat de la main, lissai la page suivante. Une nouvelle fois, mon crayon traça un fil d'argent.

Dans mon rêve, plus la ligne s'allongeait sur le papier, plus je frissonnais.

Je grelottais même.

L'argent est une couleur froide. Froide comme le métal. Grise comme l'hiver.

Quel rêve étrange, me dis-je dans mon rêve.

Car à n'en pas douter je rêvais. On ne trouve pas dans la réalité de couleur aussi étincelante.

Je dessinai une nouvelle ligne. Droite et fine. Un mince fil d'argent.

Et de cette ligne qui coupait la page, de la couleur se mit à suinter.

Du rouge.

Un rouge sombre qui se répandit de part et d'autre de la ligne argentée. Et gagna peu à peu la feuille entière.

On aurait dit que le fil d'argent avait entaillé le papier.

La feuille saignait, et bientôt la page blanche fut complètement rouge.

Je me réveillai en hurlant.

Pourtant, il n'y avait pas de quoi avoir peur.

Pourquoi craindre un simple fil d'argent ?

Un simple dessin rouge et argent ?

Un rêve, tout bêtement.

Alors, pourquoi avais-je crié ?

Je n'en ai pas le moindre souvenir.

1

Depuis l'accident, c'est le trou noir, comme si tout un pan de ma vie avait disparu. Le choc, sans doute.

J'ai totalement oublié ce qui s'est passé cette semaine-là et celles qui ont suivi.

J'ai beau me creuser la tête, l'automne et l'hiver derniers restent dans le flou le plus complet. Un peu comme si je cherchais à contempler mon reflet en me penchant sur les eaux boueuses d'un étang.

Je vois bien des ondes rider la surface sombre, mais impossible de reconnaître les visages ou les silhouettes fuyantes qui s'y réfléchissent.

Que s'est-il donc passé cette semaine-là ? Ce jour-là ?

Pourquoi ai-je oublié l'accident ?

Le Dr Sayles dit que je vais retrouver la mémoire. Qu'un jour je me souviendrai de tout ce qui s'est passé aussi distinctement que si c'était hier.

Il dit aussi que rien ne presse. Parfois, j'ai même l'impression qu'il ne tient pas tant que ça à ce que je retrouve la mémoire.

Et si ce qui s'est passé était trop atroce... ? Peut-être que le jour où j'apprendrai la vérité, je m'en mordrai les doigts.

Au fond, il vaut peut-être mieux que je ne me souvienne de rien... Et même que je m'estime heureuse d'avoir perdu la mémoire.

Le Dr Sayles me conseille de vivre comme avant. Je m'y efforce.

Mais ce n'est pas facile. Surtout que mes amies se conduisent bizarrement avec moi.

Parfois, je surprends Justine en train de m'observer d'un air inquiet. On dirait que ses yeux bleu clair cherchent à percer un secret enfoui tout au fond de mon esprit.

Adriana, elle, me répète sans cesse de ne pas m'en faire: « Ne t'en fais pas, Martha. » Comme si j'étais malade ou infirme!

En tout cas, je trouve qu'elles font preuve envers moi d'une sollicitude excessive. Elles s'imaginent sans doute que je ne remarque pas les coups d'œil qu'elles échangent sans arrêt. D'ailleurs, j'ai l'impression qu'elles sont toujours en train de me regarder.

Qu'attendent-elles ?

Que je craque ? Que la coquille de la pauvre petite Martha se brise en mille morceaux et que mes tripes visqueuses se déversent à leurs pieds ?

Je pense à de drôles de trucs depuis l'accident de l'automne dernier.

Je n'y peux rien, c'est plus fort que moi.

Le Dr Sayles dit qu'il n'y a pas lieu de s'inquiéter, que c'est parfaitement normal.

Voilà, c'est moi : Martha Powell, jeune fille parfaitement normale. Enfin, à première vue du moins.

Je suis de taille moyenne et je pèse environ cinquante-cinq kilos. Rien d'extraordinaire pour une élève de terminale.

Je fais plutôt jeune fille de bonne famille que grunge.

J'ai les cheveux blonds, longs et raides. Ce que je préfère chez moi, ce sont mes grands yeux vert foncé, et mes pommettes couvertes de taches de rousseur qui me donnent l'air d'avoir douze ans.

On m'a toujours dit que j'avais un joli sourire. Seulement, je souris rarement ces temps-ci.

Bref, en dépit de mes idées bizarres et de mes trous de mémoire, je suis plutôt mignonne.

Bien sûr, je n'ai rien d'une beauté ténébreuse comme Adriana, et je donnerais cher pour avoir les magnifiques cheveux roux de Justine, ou ses lèvres pulpeuses et ses yeux bleus limpides.

Mais je ne suis pas si mal.

C'est du moins ce que pense Aaron.

Aaron est un garçon vraiment bien, qui ne m'a jamais laissée tomber. Il ferait n'importe quoi pour moi.

Je ne sais pas ce que je deviendrais sans lui. J'ai une chance folle d'être sa petite amie depuis aussi longtemps.

D'ailleurs, Justine me le rappelle presque chaque jour. Elle a beau être mon amie, ça ne l'empêche pas d'être jalouse, et de le montrer.

Il y a quelques jours, pendant un match de catch au gymnase de Shadyside High, elle n'arrêtait pas de s'exclamer qu'Aaron était sublime, qu'il avait des muscles de champion. J'avoue que son enthousiasme débordant commençait à me taper un peu sur les nerfs. D'autant qu'Aaron n'est pas vraiment un grand catcheur. Il a une carrure d'athlète, d'accord, mais il ne s'entraîne pas suffisamment.

Son adversaire, plutôt petit et râblé, était horrible, poilu comme un singe. Il venait d'immobiliser Aaron au tapis d'une clé au bras.

Aaron, qui avait viré à l'écarlate, semblait en mauvaise posture.

Justine s'en arrachait presque littéralement les cheveux. À son expression douloureuse, on aurait pu croire que c'était elle qui se battait à la place d'Aaron.

Je ne sais par quel miracle, Aaron parvint à se dégager. Aussi rouges l'un que l'autre, les deux garçons poussaient des grognements terribles. Aaron se jeta sur son adversaire et lui plaqua les deux épaules au sol avant de se relever d'un bond.

— Bravo ! hurla Justine en applaudissant à tout rompre. Tu es le meilleur !

Aaron était hors d'haleine. Et malgré la distance, je vis que ses cheveux et son front dégoulinaient de sueur.

Après avoir aidé son adversaire à se relever, il se tourna dans ma direction pour me sourire.

Enfin, j'imagine que le sourire s'adressait à moi.

Aussitôt, Justine lui répondit d'un grand geste de la main, comme si c'était à elle qu'il souriait.

Au moins, on ne peut pas lui reprocher son hypocrisie : elle n'a jamais essayé de dissimuler ses sentiments à l'égard d'Aaron. Elle sait parfaitement que c'est mon petit ami, et pourtant, elle passe son temps à flirter avec lui. Parfois, il répond à ses avances. Juste pour blaguer. Je ne pense pas qu'il la prenne au sérieux. Comme je l'ai déjà dit, Aaron est fou de moi. Il est génial.

D'ailleurs, tous mes amis sont super...

Si seulement ils arrêtaient de me traiter comme si j'étais en cristal, ce serait parfait. J'en ai assez qu'ils surveillent toutes leurs phrases.

Oh ! je sais bien à quoi ils pensent...

Ils se demandent sans doute si j'ai retrouvé la mémoire.

Mais ils ont peur de m'interroger directement.

Surtout, pas question d'évoquer la dernière semaine de novembre. On ne parle pas de l'accident. Jamais en ma présence, en tout cas.

Après tout, ils ont le droit de vouloir oublier. Ils doivent se dire que j'ai de la chance... Peut-être qu'ils aimeraient aussi avoir perdu la mémoire.

Pourtant, moi je donnerais cher pour me rappeler. Ça me rend folle de ne pas savoir.

Que s'est-il passé cette nuit-là ?

Ça a dû être vraiment atroce.

Mais pourquoi est-ce que c'est moi qui ai perdu la mémoire ?

2

Joue appuyée contre l'épaule d'Aaron, je respirai avec délices l'odeur fraîche et sucrée de son after-shave.

La première fois qu'il s'en était mis, je m'étais moquée de lui. Il ne se rase que deux fois par semaine, mais s'asperge quotidiennement d'eau de toilette.

J'ai mis pas mal de temps à m'y habituer. Mais maintenant, j'avoue que cela me manquerait s'il n'en mettait plus.

Je redressai la tête pour l'embrasser.

Il fallait faire vite. Nous étions installés sur le canapé, dans la chambre d'Aaron, et Jake, son petit frère, rôdait dans les parages. Si par malheur il nous surprenait en train de nous embrasser, il se ferait une joie de réveiller toute la maisonnée. Je le connais bien, c'est un sale gosse.

Un épisode de *L'Arme fatale* passait à la télévision. J'adore Mel Gibson. Je trouve qu'Aaron lui ressemble un peu. Il a des cheveux bruns, ondulés comme les siens, et les mêmes yeux bleus pétillants.

Aaron avait passé un bras autour de mes épaules. Nous ne prêtions pas vraiment attention au film ; nous en profitions pour nous embrasser avant que Jake ne fasse irruption.

Entre deux baisers, je jetai un coup d'œil à l'écran. Une actrice brune me fit soudain penser à Adriana.

— Je me fais du souci pour Adriana, murmurai-je.

Aaron approuva d'un grommellement.

Puis nous nous embrassâmes de nouveau.

Un bruit de pas nous interrompit.

— Jake, c'est toi ? demanda Aaron en jetant un coup d'œil vers la porte de la chambre.

J'entendis glousser dans le couloir. Jake rit pour un oui ou pour un non.

— Fiche-nous la paix ! lança Aaron.

— Je vais dire à tout le monde que vous vous embrassez ! chantonna-t-il.

— Tu vas voir si je t'attrape !

— T'es pas cap !

C'est sa réplique favorite.

Aaron bondit du canapé et fit mine de s'élancer vers la porte. Il y eut un bruit de cavalcade.

— Aaron embrasse Martha ! cria Jake à tue-tête. Aaron embrasse Martha !

Aaron se laissa retomber sur le canapé avec un soupir. À l'écran, une énorme explosion venait de réduire un immeuble en miettes.

Aaron prit une poignée de chips avant de me passer le bol.

— Adriana est maigre à faire peur, remarquai-je en repoussant les chips. Je me fais vraiment du souci, tu sais.

— Ouais, soupira-t-il, la bouche pleine.

— J'ai l'impression que c'est elle qui a été le plus choquée par l'accident.

Il garda le silence, les yeux rivés sur l'écran. Il n'aime pas qu'on fasse allusion à l'automne dernier.

— Elle a beaucoup maigri, insistai-je. Tu as vu ses cernes !

— Elle en a toujours eu, marmonna-t-il en reprenant des chips.

— Ce n'est pas vrai. D'ailleurs, elle est allée voir le médecin parce qu'elle n'arrive plus à dormir.

— Elle n'a qu'à moins faire la fête.

— T'es bête !

Il haussa les épaules et continua à regarder Mel Gibson.

C'est toujours pareil ! Dès que j'essaie de parler sérieusement de l'accident, il s'en sort avec une plaisanterie quelconque.

Il refuse totalement d'en discuter. Ça le met si mal à l'aise qu'il se crispe et devient tout pâle.

Moi, ça me tue. Je vais devenir folle si je ne peux pas en parler.

Sans compter qu'Adriana m'inquiète vraiment.

— Ses notes ont baissé, repris-je. Elle n'est même pas sur la liste des meilleurs élèves du trimestre.

Pour toute réponse, Aaron se contenta de grommeler une nouvelle fois.

— Tu sais bien comment elle est. Elle veut toujours être la meilleure. Rends-toi compte, elle a eu un C en espagnol ! C'est l'horreur pour elle ! Et pourtant, c'est sa matière favorite.

Aaron acquiesça d'un signe de tête.

— Elle disjoncte complètement, murmura-t-il.

Il remit son bras autour de mes épaules. Je me blottis tout contre lui, sans cesser de penser à Adriana. Puis je l'embrassai. Ses lèvres sentaient le sel.

Lorsque je rouvris les yeux, le film était terminé et le générique défilait sur l'écran.

— Tu en as parlé avec elle ? demanda soudain Aaron.

— Quoi ?

— Tu as discuté avec Adriana ? Tu ne lui as pas dit que tu trouvais qu'elle avait maigri et tout ça ?

Je poussai un soupir.

— Tu la connais, répondis-je en lui caressant la main. J'ai essayé, mais impossible. Quand il s'agit d'elle, elle se ferme comme une huître.

— Je croyais que vous étiez amies.

— C'est vrai, mais elle déteste les confidences. C'est plutôt pour moi qu'elle s'inquiète. Elle passe son temps à vouloir me remonter le moral. Chaque fois que j'essaie d'aborder le problème de sa santé, elle me dit que ce n'est rien, que ça va aller.

Aaron hocha la tête. Il tendit la main vers le bol puis se ravisa. Une expression grave assombrissait son visage. Il plongea ses beaux yeux bleus dans les miens et murmura :

— Ne t'en fais pas, ça va aller.

C'est ce qu'ils me répètent tous.

Nous nous embrassâmes de nouveau. Ses lèvres étaient douces. Je n'avais pas envie qu'il s'arrête. J'aurais aimé que ce baiser dure toujours.

Malheureusement, nous entendîmes des gloussements derrière nous.

— Je vais le dire à tout le monde ! claironna Jake depuis le seuil de la chambre.

Aaron bondit du canapé et s'élança à la poursuite de son frère.

Il y eut des cris et des rires. J'écoutai un instant puis fermai les yeux, songeant de nouveau à Adriana.

Justine et Aaron avaient repris le cours de leur vie à peu près normalement. Pourquoi Adriana était-elle la seule à avoir réagi différemment ?

Qu'est-ce qui avait bien pu l'affecter autant cette nuit-là ?

Tant que je n'aurais pas retrouvé la mémoire, cette question, comme tant d'autres, resterait sans réponse.

Mais j'étais bien décidée à découvrir la vérité. Toute la vérité...

Je ne me doutais pourtant pas de toutes les surprises que me réservait l'avenir.

Ce fut le lendemain que je faillis me faire tuer par le frère d'Adriana.

3

Ivan Petrakis, le frère aîné d'Adriana, lui ressemble à un point ! C'en est effrayant.

Grands, minces, beaucoup d'allure, ils ont tous deux les mêmes cheveux noirs bouclés et les mêmes immenses yeux noisette. L'arc épais de leurs sourcils donne à leur visage une expression d'une beauté tragique. Sur les photos de classe, c'est toujours eux qu'on remarque en premier.

Cette année, Ivan a changé de look. Il s'est fait percer une oreille et porte désormais un minuscule clou d'argent. Il s'est laissé pousser les pattes jusqu'au milieu des joues et un bouc sous le menton. Ses parents n'apprécient pas du tout.

Pour se donner l'air encore plus dur, il ne quitte jamais son T-shirt et son jean noirs. À le voir, on ne croirait jamais qu'il habite North Hills, le quartier chic de Shadyside.

Ces derniers temps, il a eu des ennuis. Du moins, c'est ce que racontent certains de ses anciens copains. D'après eux, Ivan tournerait mal. Il paraît qu'il se serait saoulé dans des fêtes et qu'il traîne avec une nouvelle bande de Waynesbridge.

N'empêche que j'aime bien Ivan. En fait, depuis la quatrième, j'ai un petit faible pour lui, mais je ne pense pas qu'il s'en soit aperçu.

Ce qui explique pourquoi je fus si contente de reconnaître sa silhouette sur le parking du centre commercial, après le lycée, et pourquoi je me dépêchai d'aller le rejoindre.

— Salut, Ivan ! Quoi de neuf ?

Il fit mine de tomber à la renverse, en se frappant la poitrine.

— Martha ! Quelle surprise ! Qu'est-ce que tu as acheté de beau ? Tu n'aurais pas un petit truc à grignoter ? Je crève de faim. J'ai oublié de déjeuner aujourd'hui.

Je lui montrai les deux sacs que je portais.

— Désolée, je n'ai que du matériel de dessin.

— Ne me dis pas que tu gribouilles toujours ! se moqua-t-il.

— Ce n'est pas des gribouillages ! Et je n'aime pas qu'on plaisante là-dessus.

Ma réaction le fit beaucoup rire. Enfin, rire, si on veut. Ça tenait plus du ululement que du rire.

— Je vois... Tu gribouilles quoi ces temps-ci, alors ?

— Arrête ! T'es pas drôle !

Il s'esclaffa puis gratta son bouc maigrichon.

— Je te raccompagne ?

— Si tu veux.

Je le suivis jusqu'à sa Honda Civic rouge. Il roulait des mécaniques en marchant, ce qui, vu ses grandes jambes, lui donnait un peu l'air d'un échassier crâneur.

En approchant de la voiture, je remarquai qu'un des phares était cassé et le pare-chocs enfoncé.

— Tu t'es fait rentrer dedans ?

Il haussa les épaules sans répondre, ouvrit sa portière et se contorsionna pour glisser sa grande carcasse dans l'habitacle étroit. Ensuite, seulement, il se pencha pour déverrouiller ma portière.

Je jetai mes sacs sur la banquette arrière et grimpai à ses côtés. L'intérieur empestait le tabac froid et le tapis de sol était jonché de vieux papiers de bonbons.

Cette rencontre tombait à pic, songeai-je tandis qu'il faisait marche arrière. J'allais en profiter pour lui parler d'Adriana. Il saurait peut-être quoi faire.

Il se dirigea vers la sortie du parking pour s'engager sur Division Street.

— Ça te dirait de te faire la belle ? demanda-t-il soudain.

— Pardon ?

Je le regardai, interloquée.

— Aller droit devant nous, répondit-il en posant sur moi son regard intense. Foncer sans jamais revenir... Conduire jusqu'au bout du monde, ça serait super, non ?

Je partis d'un petit rire nerveux.

— Tu dis ça pour blaguer, hein ?

Il ne répondit pas.

— Tu ne veux pas vraiment t'en aller ? insistai-je, inquiète.

— Laisse tomber, murmura-t-il.

Il faillit griller un feu qui venait de passer au rouge et dut piler en plein milieu d'un carrefour. Le conducteur de la voiture qui nous suivait klaxonna, furieux.

— Ne t'en fais pas, je blaguais, marmonna-t-il en pianotant sur le volant.

— Comment va Adriana ? Elle a encore des insomnies ?

Le feu passa au vert. Ivan écrasa la pédale d'accélérateur et la voiture démarra dans un crissement de pneus.

— J'en sais rien ! lança-t-il sèchement. Demande-lui toi-même !

Je ne l'avais jamais vu aussi désagréable.

— Elle m'inquiète, tu sais, avouai-je. Elle m'a dit qu'elle ne dormait plus et qu'elle ne pouvait rien avaler.

— Oh, la pauvre ! Arrête, je vais pleurer.

Je lui lançai un regard outré. Peine perdue, car il garda les yeux fixés droit devant lui. Il était cinq heures et demie, l'heure de pointe, et la circulation était très dense.

— Quand même, tu es son frère ! Tu pourrais te préoccuper un peu d'elle ! répliquai-je, d'un ton plus cinglant que je ne l'aurais souhaité.

Il haussa les épaules.

— Elle va bien. Elle est allée voir une toubib la semaine dernière. D'après ce que j'ai compris, elle lui a appris à s'autohypnotiser.

— Quoi ?

Un camion venait de nous doubler dans un bruit d'enfer et je n'étais pas certaine d'avoir bien entendu.

— L'hypnotisme, tu connais, non ? répondit-il en criant pour couvrir le bruit. Adriana apprend à s'hypnotiser. Pour dormir.

— Waouh ! m'exclamai-je comme une idiote, ne sachant que dire d'autre. Et ce n'est pas dangereux ?

Ivan n'avait pas dû m'entendre car il ne répondit rien. Il tourna à gauche dans Park Drive.

Le ciel était sombre, presque noir. Il n'était que cinq heures et demie et pourtant on se serait cru en pleine nuit. Je déteste le mois de février !

— Tu sais, les notes d'Adriana sont... commençai-je.

Mais Ivan m'interrompit d'une voix rauque :

— Si tu crois que c'est possible de fermer l'œil à la maison ! C'est l'horreur chez moi, en ce moment !

Je savais que les parents d'Ivan ne s'entendaient plus. Aux dernières nouvelles, M. Petrakis avait menacé de partir.

— Euh... à cause de tes parents ? interrogeai-je, gênée.

Je ne tenais pas vraiment à m'en mêler. Après tout, ça ne me regardait pas.

— C'est un vrai champ de bataille chez nous...

Malgré la pénombre je distinguai l'expression amère qui déformait son beau visage. Une amertume mêlée d'angoisse qui me serra le cœur.

— La nuit dernière, poursuivit-il, gardant les yeux fixés

sur la route, ils se sont balancé à la figure tout ce qui leur tombait sous la main.

— Aïe ! murmurai-je.

— On aurait dit des gosses ! Ils se sont canardés à coups d'assiettes et de verres dans la cuisine. Si tu avais vu le carnage ! J'ai essayé de les arrêter... C'était tellement ridicule... Je...

Sa voix se brisa soudain.

Je poussai un profond soupir.

— Quelle horreur ! Et comment ça s'est terminé ?

— Maman s'est enfermée dans sa chambre en pleurant comme une Madeleine, et papa a fichu le camp en claquant la porte. Il a dû passer la nuit dehors, parce que je ne l'ai pas entendu rentrer.

— Et comment va ta mère aujourd'hui ? demandai-je en m'agrippant à la poignée.

Ivan déglutit.

— Je ne sais pas. Elle a pleuré toute la nuit. Leur chambre est juste à côté de la mienne...

Il lâcha un petit rire pour tenter de dissimuler son émotion.

— Pas de veine, hein !

Je restai silencieuse. Qu'aurais-je pu dire ? Cela faisait des mois qu'ils se déchiraient. Adriana me racontait tout en détail presque chaque jour. Pourtant, malgré les disputes continuelles, leurs parents n'arrivaient pas à se séparer.

À la place d'Ivan et d'Adriana, j'aurais craqué moi aussi.

Je jetai un coup d'œil par la fenêtre. Les arbres et les maisons défilaient à toute allure. Nous roulions si vite que le paysage ressemblait à un ruban sombre qui s'étirait dans la nuit noire.

Tout à coup j'eus peur.

— Ralentis, Ivan !

Il grilla le stop de Canyon Drive et ne parut même pas s'en apercevoir.

— Ralentis, s'il te plaît!

— J'en ai marre, si tu savais! s'écria-t-il.

Ses yeux étaient brillants de larmes, il serrait si fort le volant que j'eus l'impression qu'il allait l'arracher.

— J'en peux plus, Martha! sanglota-t-il. J'en peux vraiment plus...

— Ivan, calme-toi!

— J'en ai marre!

Il braqua brusquement. La voiture dérapa, les pneus crissèrent.

Je poussai un hurlement de terreur.

La voiture se mit à tournoyer comme une toupie folle.

Ivan criait, criait... Il écrasait la pédale d'accélérateur sans cesser de tourner le volant, sans cesser de crier.

Dans la lueur des phares, je vis un énorme tronc noir se précipiter sur nous. Je me cachai le visage dans les mains.

Il va nous tuer!

Ce fut ma dernière pensée.

4

La voiture bondit sur le trottoir et ma tête heurta violemment le toit. Une douleur aiguë fusa dans mon dos.

La Honda continua sa course folle encore quelques instants puis, d'un coup, s'immobilisa.

J'ouvris un œil.

Mes mains tremblaient. Mon cœur battait à cent à l'heure. J'étais secouée de frissons.

Je m'obligeai à respirer à fond, pour tenter de me calmer. Du bout des doigts, je palpai le haut de mon crâne. Aïe !

— Ivan... ?

J'avais du mal à parler... Les pensées se bousculaient dans ma tête. Tout m'apparaissait confus. Il faisait noir... La voiture... l'arbre...

— Pardon, Martha ! balbutia Ivan, en larmes.

— On n'est pas morts... murmurai-je. Ivan, on n'est pas morts !

— Pardon...

Un sanglot l'interrompit. Sans réfléchir, je le pris dans mes bras et le serrai contre moi. Je le sentais trembler sous son blouson en cuir.

— On n'est pas morts, répétai-je.

— Je n'ai pas pu... Au dernier moment, j'ai flanché... Je suis à bout...

Je le serrai plus fort, posant ma joue contre la sienne.

— On n'est pas morts ! clamai-je sans pouvoir m'arrêter. On est vivants !

— Je ne voulais pas vraiment le faire, murmura-t-il d'une voix mal assurée. Je n'aurais jamais pu...

Il commençait à se calmer. J'aurais bien aimé en dire autant de moi.

— Ça va aller, affirma-t-il soudain en se dégageant.

Il évitait mon regard. Avec un soupir, je me laissai retomber sur mon siège et jetai un coup d'œil par la vitre. Nous étions au beau milieu d'une pelouse devant une maison. Au-dessus de la porte d'entrée, une lumière jaune était allumée, mais à l'intérieur tout était sombre.

— Ivan, ce n'est peut-être pas prudent de reprendre le volant...

— Je t'assure que ça va, répliqua-t-il sèchement.

Mâchoires crispées, il fronça les sourcils. Son beau visage était de marbre. On voyait bien qu'il se forçait à dominer ses émotions.

Il passa brutalement en marche arrière et nous bondîmes de nouveau sur la chaussée.

Durant le trajet du retour, son expression ne s'adoucit pas. Et pas un instant il ne desserra les dents.

— Ton frère est perturbé, dis-je à Adriana le lendemain.

Nous nous trouvions toutes deux dans ma chambre. On était samedi après-midi. Dehors, il faisait gris. À voir les nuages qui obscurcissaient le ciel, il n'allait pas tarder à neiger.

Malgré le froid, j'avais laissé ma fenêtre ouverte. Il fait toujours trop chaud chez moi et j'ai horreur de ça. Un vent violent agitait les rideaux.

— Quoi ? fit Adriana, qui s'appliquait du rose à joues.

Assise devant ma coiffeuse, elle essayait tous les nouveaux fards de la trousse de maquillage que ma mère venait de m'offrir.

— C'est trop pâle pour moi, non ? demanda-t-elle.

Je dégageai le fatras qui encombrait mon bureau pour y

poser mon grand carnet à dessin. J'avais prévu de dessiner cet après-midi, et la visite d'Adriana tombait mal.

Depuis son arrivée, elle affichait une moue de profond ennui. Comme si elle avait la tête ailleurs. J'avais beau lancer des sujets de conversation, elle me répondait à peine. Cependant, malgré ma curiosité, je m'abstins de la questionner.

— Ivan ne va pas bien du tout, répétai-je. Hier après-midi...

— Tu connais quelqu'un qui va bien, toi ? coupa-t-elle d'un ton acerbe.

Elle tira une poignée de mouchoirs en papier de la boîte.

— J'ai la peau trop mate, ça ne me va pas du tout, marmonna-t-elle en s'essuyant les joues.

Mon regard croisa le sien dans le miroir.

— Tu as l'air fatiguée, remarquai-je.

— Je fais de l'insomnie.

Sans cesser de se contempler, elle commença à passer du brillant sur ses lèvres charnues. Une bourrasque souleva ses épaisses boucles brunes.

— Ivan m'a dit que tu étais allée voir le médecin, lançai-je d'un air détaché.

Je prenais un risque. Qu'elle soit ma meilleure amie ou pas, Adriana n'aimait pas qu'on se mêle de ses affaires.

À mon avis, c'était à cause de ses problèmes familiaux. Les disputes incessantes de ses parents la blessaient terriblement. Elle me faisait son rapport tous les jours, mais je savais bien qu'elle n'appréciait pas la curiosité. Alors, en général, j'évitais de lui poser des questions.

Elle poussa un soupir sans cesser de se regarder dans le miroir.

— Oui, je suis allée voir le toubib. Une psy. Mme Corben. Elle m'apprend à m'autohypnotiser. Tu sais, pour m'aider à dormir... Des fois, j'y arrive, et d'autres fois, non.

Elle bâilla puis s'essuya les lèvres avec un mouchoir en papier.

— Il faut que je m'entraîne, poursuivit-elle.

Tout en feuilletant les pages de mon carnet, je la regardai essayer un autre rouge à lèvres. J'ouvris ensuite le tiroir de mon bureau et en sortis une poignée de fusains.

— Tu peux me passer le dernier cours d'histoire ? demanda-t-elle soudain en pivotant vers moi.

— Quoi ! Tu veux mes notes ? Toi ?

Je n'en revenais pas. Adriana était la meilleure élève de la classe. Jamais elle ne m'avait emprunté un seul cours.

Ses joues s'empourprèrent. Elle se détourna vivement.

— Je... je n'arrive pas à me concentrer en ce moment, tu sais. Je suis tellement fatiguée... Je n'ai pas réussi à tout prendre la dernière fois.

Je ne l'avais jamais vue aussi gênée, aussi préoccupée.

Je sortis mon cahier d'histoire de mon sac à dos et le lui tendis.

— Tiens.

— Merci, fit-elle en se levant aussitôt.

Je reculai d'un pas. Elle est si grande que je me fais l'impression d'être une gamine de dix ans à côté d'elle.

Il fallait absolument que je lui parle de son frère avant qu'elle ne s'en aille.

— Tu sais, Ivan m'a raccompagnée hier. Il est en train de disjoncter. À mon avis, il a besoin d'aide.

Elle s'arrêta sur le seuil de ma chambre.

— Oh Martha ! Ne me dis pas que tu ne sais pas ce qu'il a ! fit-elle avec un soupir excédé.

— Quoi donc ? demandai-je, perplexe.

— Laura...

— Laura ?

— Depuis qu'elle l'a plaqué, il se conduit comme un idiot. Parfois, j'ai envie de l'assommer tellement il m'énerve !

D'un geste rageur, elle fouetta l'air de mon cahier d'histoire.

Laura Winter est une de nos amies. Une belle brune avec d'immenses yeux gris-bleu, des pommettes hautes. Pour tout dire, c'est la plus jolie fille de Shadyside High.

D'ailleurs, elle a déjà posé pour des magazines. Tout le monde est persuadé qu'un jour elle ira faire carrière à New York, comme actrice ou mannequin.

Le jour où Laura l'a dragué, Ivan n'en revenait pas. Nous non plus, à vrai dire.

Quand ils ont commencé à sortir ensemble, tout le monde ne parlait que de cela au lycée.

Je crois qu'Ivan tenait beaucoup plus à Laura que l'inverse. Au moins, quand il était avec elle, il ne pensait sans doute plus aux disputes sordides de ses parents...

Je n'ai jamais compris pourquoi Laura avait jeté son dévolu sur Ivan. Tous les garçons de Shadyside High sont à ses pieds.

Bien entendu, personne n'a été surpris lorsqu'elle l'a plaqué, l'hiver dernier. D'après Adriana, elle n'a pas vraiment pris de gants.

Ivan, lui, ne m'en a jamais parlé.

— Il ne s'en est pas encore remis, continua Adriana en serrant le cahier d'histoire contre sa poitrine. Pourtant, ça fait un moment ! Il n'arrive pas à se fourrer dans le crâne que Laura ne l'aime plus.

— Il en a discuté avec elle ?

Adriana secoua la tête.

— Penses-tu ! Ce crétin s'imagine qu'elle va faire le premier pas !

Elle se mit à rire. Un peu trop fort.

Moi, je ne trouvais pas ça drôle du tout. Je n'arrivais pas à oublier qu'Ivan avait failli nous tuer la veille.

— Adriana, tu devrais essayer de lui parler, insistai-je.

— J'aimerais t'y voir, toi ! répliqua-t-elle en me foudroyant du regard. On ne peut rien lui dire. Il a un caractère impossible.

— Mais...

Son visage s'adoucit un peu.

— Ne t'en fais pas. Ivan est un grand garçon. Tu es trop gentille. Tu te fais toujours du souci pour les autres et jamais pour toi...

Elle plongea ses yeux dans les miens.

— C'est de toi qu'il faut prendre soin, Martha. Pas d'Ivan.

Sur ces mots, elle tourna les talons, sortit de la chambre et dévala l'escalier.

Je m'élançai à sa suite, puis me ravisai et m'arrêtai au milieu du couloir.

À quoi bon insister? Adriana ne voulait rien entendre. Visiblement, elle ne tenait pas à ce que j'intervienne dans ses histoires de famille.

Je retournai dans ma chambre. Dehors, les nuages avaient pris une horrible teinte charbonneuse. Le vent soufflait maintenant en rafales et faisait claquer les rideaux contre le mur.

Brrr... on gelait. Je fermai en hâte la fenêtre et tirai les rideaux. Puis j'allai m'asseoir à mon bureau, devant mon carnet à dessin flambant neuf.

J'ouvris la première page, la repliai sous la couverture cartonnée, et cherchai, parmi les fusains, une pointe fine.

J'éprouve toujours un petit pincement au cœur chaque fois que j'entame un nouveau carnet. Les pages sont là, vides et blanches, attendant mon bon vouloir. J'adore cette impression!

Il paraît que j'ai un bon coup de crayon.

Je prends des cours du soir à l'université de Waynesbridge, et mes professeurs m'encouragent à continuer dans cette voie. J'ai l'intention de m'inscrire à un stage, cet été. Mais pour cela, il faut que j'aie des dessins à présenter au comité de sélection. J'aimerais surtout montrer des portraits.

Après un instant, je me relevai et repoussai ma chaise à roulettes le long du mur. Je préfère dessiner debout.

Je fermai les paupières et tâchai de me concentrer. Il ne fallait plus penser à Ivan et à Adriana. Je voulais faire le vide dans ma tête.

Enfin, je rouvris les yeux et les posai sur la page blanche et lumineuse.

J'allais dessiner un visage, décidai-je. Un autoportrait.

Le fusain crissa sur le papier. J'esquissai d'abord les yeux. Je commence toujours par les yeux.

Tiens ! Ce n'était pas vraiment ressemblant.

Les yeux que je venais de dessiner étaient en amande, alors que les miens sont plutôt ronds.

Appuyée sur ma table de travail, je les examinai. J'eus l'impression qu'ils me fixaient en retour.

Je fonçai les pupilles. Le regard devint sombre, grave.

Du bout du fusain, j'esquissai le contour du visage.

Décidément, ça ne me ressemblait pas du tout. La forme générale était trop allongée. Et ce regard ténébreux, d'où sortait-il ?

— Que se passe-t-il ? marmonnai-je.

Le fusain se mouvait rapidement maintenant, ajoutant des détails.

J'avais l'impression qu'il glissait tout seul sur le papier.

Je ne contrôlais plus ma main...

Fascinée, je la contemplai. Elle se déplaçait en petits cercles concentriques, se relevait, plongeait sur la feuille...

Je voulus résister. En vain. J'avais le sentiment qu'une main fantôme me guidait.

Stupéfaite et terrifiée, j'assistais à cet étrange spectacle.

5

Enfin, je reposai mon fusain. J'avais les mains moites et les doigts gourds.

J'ignorais combien de temps tout cela avait duré, mais j'aurais juré n'avoir jamais dessiné aussi vite de ma vie.

Je me penchai pour examiner le portrait.

C'était un garçon.

J'étais quasi certaine de ne l'avoir jamais vu.

J'avais beau me creuser la tête, je ne le reconnaissais pas.

Il avait d'épais cheveux bruns ondulés. Une mèche retombait sur son front bas.

Ses yeux sombres et sérieux lui donnaient l'air mélancolique et inquiet.

Le nez me parut trop court. Légèrement retroussé, il détonnait avec le reste du visage.

Il souriait, d'un sourire plaisant qui contredisait l'expression sévère du regard. Je lui avais dessiné des lèvres fines et une fossette au milieu du menton.

Qui cela pouvait-il bien être ?

Son visage ne me disait rien du tout.

Bah ! Sans doute n'existait-il pas, il avait dû sortir tout droit de mon imagination.

Je l'étudiai plus en détail, sentant encore vibrer autour de moi la force invisible qui avait guidé ma main.

C'était un portrait très minutieux. On aurait vraiment dit le visage de quelqu'un.

J'examinai d'abord la mèche brune qui retombait négligemment sur le front. Puis le grain de beauté noir et parfaitement rond sur la joue droite.

Un grain de beauté ?

Étrange... Jamais je n'en avais dessiné sur aucun de mes portraits, auparavant, imaginaires ou pas.

— Qu'est-ce que ça veut dire ? marmonnai-je.

Soudain, je remarquai le sourcil gauche.

Une petite cicatrice blanche le partageait en deux.

J'en eus le souffle coupé. Le détail me paraissait trop réel, trop vraisemblable, pour avoir été inventé.

Et pourquoi pas ?

Sauf que je n'avais jamais non plus dessiné de cicatrice comme celle-ci jusqu'alors...

— Qui es-tu ? murmurai-je.

Les yeux sombres qui me fixaient en silence ne m'apportèrent aucune réponse.

Furieuse, j'arrachai la page. Je ne supportais plus ce sourire vide qui me narguait. Je froissai rageusement la feuille et la jetai dans la corbeille sous le bureau.

J'avais encore les mains moites. Des picotements désagréables me couraient sur la nuque et je respirais avec difficulté.

Allons, j'étais ridicule de me mettre dans un état pareil !

Je m'essuyai frénétiquement les mains sur mon jean et décidai d'essayer une nouvelle fois de me dessiner.

Je pris un fusain plus large et allai chercher sur ma coiffeuse le petit miroir carré que j'installai près de mon carnet.

Je m'examinai avec attention, remis en place ma frange et essuyai une marque de fusain sur ma joue.

Pas la peine de dessiner mes taches de rousseur. Ce serait agréable de prétendre que j'avais une peau parfaite, sans défaut, comme celle de Laura.

Tiens ! et si j'appelais Laura ? J'avais envie de la dessiner.

Son portrait ferait très bien dans mon dossier. J'adorais croquer son visage de madone et ses pommettes hautes.

Malheureusement, Laura n'appréciait pas mes talents. Elle trouvait que je lui donnais l'air d'une ravissante idiote. En tout cas, c'est ce qu'elle m'avait encore affirmé la dernière fois qu'elle avait posé pour moi.

— Je dessine ce que je vois ! avais-je plaisanté.

Ça ne l'avait pas fait rire. Elle se prend tellement au sérieux !

Qui sait, peut-être que si j'étais aussi jolie qu'elle, je serais un peu vaniteuse, moi aussi...

Je ne compte pas le nombre de fois où elle m'a fait redessiner son sourire ! Avec elle, rien ne va jamais. Elle trouve toujours un détail à critiquer.

Bon, oublions Laura ! À nous, maintenant.

— Quand j'en aurai fini avec toi, murmurai-je à mon reflet, tu seras aussi ravissante que Laura.

Penchée sur mon carnet, je commençai à dessiner.

D'abord, les yeux...

Eh ! Pas ceux-là, non !

Impossible de m'arrêter.

Le fusain courait sur le papier, traçant le contour du visage mince... Les yeux sombres... Les cheveux bruns ondulés... Le nez retroussé...

J'avais beau résister, ma main ne m'écoutait pas. Encore une fois, je dessinais l'inconnu.

Oui, c'était bien le même visage.

Un frisson glacé me parcourut.

— Non !

J'arrachai la page sans terminer mon travail. Je ne pris même pas la peine de la froisser et l'écartai d'un geste furieux. Elle atterrit en voletant sur le parquet.

Je respirai un grand coup. Puis, sans me soucier du tremblement qui agitait mes mains, je commençai un nouveau dessin.

Cette fois, je gardai les yeux rivés sur mon reflet, bien déterminée à exécuter mon portrait, et pas celui de l'inconnu.

Mais rien n'y fit. Ma main ne m'obéissait toujours pas.

Angoissée, je sentais mon bras se mouvoir tout seul.

Le fusain glissait, crayonnait, s'éloignait, revenait peaufiner un détail... du même visage...

La fossette au menton... Le grain de beauté noir, rond... La cicatrice, mince trait blanc qui partageait un des sourcils bruns légèrement arqués au-dessus du regard soucieux.

— Non ! m'écriai-je en arrachant la page et en la jetant par terre.

Je refermai en hâte mon carnet et fourrai les fusains dans le tiroir.

Mon cœur tambourinait contre mes côtes, j'avais encore les mains moites. Je les essuyai de nouveau sur mon jean.

Sur le parquet gisaient deux portraits identiques... Du même inconnu.

— Mais bon sang, qui es-tu ?

Il me fixait droit dans les yeux comme s'il voulait me répondre, comme s'il essayait de me dire quelque chose.

Ridicule ! Qu'aurait-il bien pu vouloir me dire ?

Et pourquoi est-ce que je le dessinais sans cesse ? Pourquoi ma main ne m'obéissait-elle pas ?

Une bouffée de colère m'envahit. Je ramassai les feuilles et les déchirai en deux.

Mais ce n'était pas suffisant. Alors, je les déchirai encore et encore... jusqu'à les réduire en confettis.

Tu es en train de devenir cinglée, ma pauvre ! me dis-je. Complètement cinglée.

6

Ce soir-là, j'avais rendez-vous avec Aaron au cinéma du centre commercial pour la séance de 20 heures. Le week-end, Aaron travaille dans une pizzeria dont le propriétaire est un vague ami de son père. En général, il termine son service un peu avant 20 heures.

Sur le parking près du cinéma, toutes les places étaient occupées et je dus me résoudre à me garer en face, près du marchand de beignets.

Craignant d'être en retard, je partis au pas de course.

Zut ! Mes phares... J'avais oublié de les éteindre. Je rebroussai chemin.

Quand enfin j'arrivai au cinéma, il était 20 heures passées. Il y avait un monde fou. On aurait dit que la moitié du lycée s'était donné rendez-vous ici. Je cherchai Aaron des yeux dans la foule compacte qui emplissait le foyer.

Au bout de quelques secondes, je l'aperçus près du comptoir à pop-corn. À ma grande surprise, Justine était avec lui.

Elle le tenait par le cou. Leurs visages se touchaient presque et ils riaient aux éclats.

Eh bien, il ne fallait pas se gêner !

Je sais que Justine adore flirter avec Aaron. Cela n'a rien de nouveau. Dès qu'ils sont ensemble, c'est leur jeu favori. Mais jamais je n'aurais imaginé qu'elle flirtait aussi avec lui quand je n'étais pas là !

De les voir rire ainsi, tandis qu'elle l'enlaçait d'une manière si possessive, me rendait malade.

Allons, Justine était mon amie ! Pas la peine de s'inquiéter. Il ne fallait pas tout de suite imaginer le pire.

Je me frayai un passage dans la cohue et me dépêchai de les rejoindre. Dès que Justine m'aperçut, elle ôta son bras des épaules d'Aaron et recula d'un pas.

— Salut, Martha ! Ça va ? demanda Aaron avec son grand sourire rassurant qui me faisait craquer.

Mon inquiétude se dissipa aussitôt.

— Oui.

Durant le trajet, j'avais décidé de ne pas lui parler de mon étrange après-midi et des portraits que j'avais dessinés contre mon gré.

Il se faisait suffisamment de souci pour moi comme ça. Depuis l'accident, il était aux petits soins et se montrait d'une patience exemplaire.

Il faut dire que je me garde bien de lui faire part de toutes les pensées bizarres qui me traversent l'esprit. Inutile de l'affoler !

— Quoi de neuf ? demandai-je en lui prenant la main.

— La routine, fit-il en me montrant les taches de sauce tomate qui maculaient son sweat-shirt.

— Hmmm ! Tu sens bon la pizza, raillai-je.

— Imagine-toi qu'en faisant mes courses, je suis tombée sur Aaron ! intervint Justine, entortillant une mèche de cheveux autour de son index. C'est drôle, non ? Il m'a assuré que ça ne te dérangerait pas si je vous accompagnais au ciné.

— Pas du tout...

Mais ne t'avise pas de le draguer ! songeai-je malgré moi. Voilà que je me remettais à être jalouse !

— Bon, on y va, lança Aaron. J'ai les tickets.

— Attends ! Je voudrais acheter du pop-corn ! s'écria Justine en courant vers la file d'attente.

Elle réapparut quelques minutes plus tard avec un

énorme cornet en carton de pop-corn luisant de beurre fondu.

— Je n'en ai pris qu'un petit, plaisanta-t-elle.

Aaron me fit passer devant lui et me suivit en me tenant par les épaules. Les bandes annonces avaient déjà commencé. Nous nous installâmes au troisième rang. Je préfère m'asseoir le plus près possible de l'écran, car j'ai horreur d'avoir des gens devant moi. J'aime bien me perdre dans le film.

Aaron se mit entre Justine et moi et posa le cornet de pop-corn sur ses genoux.

À plusieurs reprises pendant le film, je vis la main de Justine effleurer la sienne tandis qu'elle se servait.

Je ne sais pas si elle le faisait exprès mais, en tout cas, chaque fois mon cœur se serra d'angoisse.

Peu après minuit, le téléphone se mit à sonner. Affolée, je décrochai le combiné avant même la fin de la première sonnerie.

— Allô ?

— C'est moi.

— Justine !? m'écriai-je, étonnée, car nous l'avions déposée chez elle à peine une demi-heure plus tôt. Que se passe-t-il ?

— Rien. Je... j'avais juste envie de bavarder un peu.

Elle perdait la tête ! Nous venions de passer la soirée ensemble ! J'étouffai un bâillement en jetant un coup d'œil au réveil.

— Nous n'avons pas vraiment eu le temps de discuter, ajouta-t-elle. Pas terrible, le film, hein ?

Je soulevai le téléphone du bureau et allai m'installer sur mon lit.

— Bof, Jim Carrey était marrant, répondis-je. J'avoue que je trouve son mauvais goût irrésistible.

— Tu as entendu comme Aaron riait ? J'ai bien cru qu'il allait s'étouffer.

— Tu le connais !

Justement, songeai-je, soudain mal à l'aise, jusqu'à quel point Justine le connaissait-elle ?

— En général, il n'y a que lui pour rire à ce genre de film, continuai-je, m'efforçant d'ignorer mon malaise. Il est très bon public. Plus les plaisanteries sont lourdes, plus ça lui plaît.

Il y eut un long silence à l'autre bout du fil. Puis Justine déclara d'une traite :

— Tu ne peux pas savoir comme je suis jalouse de toi !

— Pardon ?

À cet instant, Rooney, ma chatte, bondit sur le lit. Je l'obligeai gentiment à redescendre. Elle laisse des poils blancs partout.

— Tu m'as parfaitement entendue, répondit sèchement Justine. Je suis jalouse de toi. Aaron est tellement génial !

— Oui, c'est vrai.

Pas brillant comme repartie, je l'admets, mais j'étais trop interloquée pour faire de l'esprit.

Je n'allais tout de même pas lui dire : « Ah, voilà pourquoi tu es toujours collée à lui comme une sangsue ! » Après tout, Justine est mon amie.

Et, pour l'instant, elle ne semblait pas vraiment dans son assiette.

— Tu es sûre que ça va, Justine ?

Il y eut un long silence. Je tirai machinalement la manche du grand T-shirt qui me sert de chemise de nuit. Je l'imaginais arpentant sa chambre en pyjama, ses longs cheveux roux balayant ses épaules.

— Je dois avoir un coup de cafard, remarqua-t-elle presque à voix basse.

— Pourquoi ?

Je me penchai pour caresser ma chatte qui s'obstinait à

venir se frotter contre moi. Bien entendu, contrariante comme elle est, elle s'enfuit.

— Pourquoi ? répéta Justine. Pour rien... pour tout...

Elle adorait les formules énigmatiques. J'attendis donc qu'elle veuille bien se décider à m'expliquer ce qui n'allait pas.

— J'ai réfléchi, aujourd'hui, reprit-elle enfin. À plein de trucs... Ce soir, avant d'aller au cinéma, j'ai discuté avec mes parents...

Pas étonnant qu'elle ait le cafard ! Ses parents étaient les gens les plus déprimants de la terre.

— Tu sais que je ne peux pas aller à la fac, l'an prochain, soupira-t-elle. Je n'ai pas l'argent et mes notes ne sont pas assez bonnes pour que j'obtienne une bourse.

Elle laissa échapper un petit rire amer.

— Même la fac de Waynesbridge ne voudrait pas de moi !

Et Dieu sait que Waynesbridge a la réputation d'accepter tous les laissés-pour-compte !

— Il ne me reste plus qu'à rester chez mes parents et à chercher du boulot, continua-t-elle. En deux ans, je devrais avoir suffisamment économisé pour payer les frais de scolarité.

Elle poussa un profond soupir.

— C'est un mauvais moment à passer, Justine, commençai-je. Mais ne t'en fais pas, ce n'est pas si dramatique...

— Tu parles ! Tu as de la chance, toi... Tu as des parents sympas, qui ont de quoi te payer des études. Tu as Aaron. Tu as de bonnes notes. Tu es douée en dessin...

— Arrête, Justine ! m'écriai-je en me redressant. Je sais bien que tu penses que ma vie est parfaite mais...

— Oh, certainement pas !

— Que veux-tu dire ?

— Non, certainement pas, Martha, répéta-t-elle.

Sa voix eut soudain une intonation étrange. Distante, glaciale.

— Non, ta vie n'est pas aussi parfaite que tu l'imagines, ma pauvre !

— Je ne comprends pas... Explique-toi.

Elle resta silencieuse.

— Justine ! Explique-toi, bon sang !

— Il faut que je raccroche, murmura-t-elle, sinon mon père va piquer une crise.

— Attends...

La communication fut coupée.

Je reposai lentement le combiné.

Qu'avait-elle voulu dire ?

Sa remarque était-elle liée à Aaron ? Essayait-elle de me faire comprendre qu'il y avait quelque chose entre eux...

Ou bien était-ce plus grave encore ?

7

— Viens Rooney ! Viens là, ma belle ! fis-je en tapotant sur ma cuisse.

Allongée sur le canapé du salon, vêtue d'un jean troué et d'un vieux pull, j'avais envie de câliner ma chatte. Bien entendu, Rooney m'ignorait superbement.

Ah ! si seulement les chats pouvaient parfois cesser de se conduire en chats !

On était dimanche soir, j'étais seule à la maison. J'avais un peu le cafard. Mes parents dînaient chez des amis et j'avais fini mes devoirs de bonne heure. De toute façon, je n'avais pas à m'inquiéter, il n'y avait pas cours le lendemain. Les profs devaient assister à une conférence, ou à un truc de ce genre.

Je passai un coup de fil à Laura pour lui demander si elle ne voulait pas me tenir compagnie. Il n'y avait personne chez elle. J'essayai ensuite Adriana, mais je n'eus pas plus de succès.

Dépitée, je me rallongeai sur le divan, un œil sur la neige qui tombait dehors et l'autre sur une compétition de ski à la télé.

— Rooney... viens ma jolie, murmurai-je de nouveau.

Peine perdue. La chatte me tourna dédaigneusement le dos et s'éloigna, la queue en l'air.

Avec un soupir, je me calai contre l'accoudoir et regardai l'écran.

Tout à coup, l'image d'un chalet surgit devant mes yeux.

Un chalet en bois, au milieu d'une étendue blanche, lumineuse. De la neige glissait par plaques du toit en pente.

Je me redressai brusquement.

La tête me tournait. Je fermai les yeux.

Un souvenir... ?

Le chalet... la neige... Oui, la mémoire me revenait !

Je bondis du canapé, le cœur battant. Puis je me mis à claquer des dents. Je grelottais, littéralement, comme si je me trouvais devant le chalet couvert de neige.

Je fermai les yeux et m'obligeai à respirer lentement. Il fallait que je me concentre...

La même image s'imposa à mon esprit. Comme si la scène aperçue à la télévision avait ouvert une fenêtre sur le passé. Mais cela ne suffisait pas.

Ne voulant surtout pas perdre le fil ténu qui me reliait à ma mémoire, je focalisai toutes mes pensées sur le chalet enneigé et grimpai quatre à quatre dans ma chambre.

Une fois en haut, je m'installai à ma table de travail et fermai de nouveau les yeux.

J'essayai de m'immerger dans la scène, de sentir la neige crisser sous mes pieds, de voir, de me souvenir.

Deux chalets ! Il y avait deux chalets côte à côte. De la neige s'entassait le long des murs. Les congères montaient jusqu'aux fenêtres ornées de petits rideaux à carreaux. Les vitres reflétaient l'éclat doré d'un soleil resplendissant.

Je me trouvais au milieu d'un paysage de neige étincelant. Une lumière vive, claire et froide enveloppait la scène.

Quel était cet endroit ? Est-ce que j'avais déjà séjourné dans ce lieu ?

Comment savoir s'il s'agissait réellement d'un souvenir ? Mon imagination me jouait peut-être des tours...

Peu importait. Il ne s'agissait plus de penser mais de voir, un point, c'est tout.

Peu à peu, des couleurs apparurent, taches floues qui se déplaçaient sur la neige argentée.

Pas facile de discerner quoi que ce soit dans toute cette blancheur aveuglante. La lumière formait comme un voile qui m'empêchait de voir les choses distinctement.

Je décidai de me concentrer exclusivement sur les couleurs. Et brusquement, les taches colorées se transformèrent en silhouettes...

Il y en avait quatre. Quatre filles.

— Hé, mais c'est moi ! m'écriai-je en apercevant la première.

Oui, pas de doute, c'était bien moi. Je reconnus mes longs cheveux blonds qui s'échappaient de mon bonnet de laine bleue, ma combinaison de ski bleu et blanc...

Continue ! Concentre-toi.

Et je parvins à m'immerger plus profondément encore dans la scène.

Traversant le rideau de lumière, les trois autres silhouettes s'avancèrent sur la neige. Là encore, pas de doute, c'était Adriana, Justine et Laura.

Elles étaient là, toutes les trois, avec moi.

Elles souriaient. Elles avaient les joues rouges et de la buée s'échappait de leurs lèvres. J'entendais même leurs après-skis crisser dans la neige fraîche.

Brusquement, nous nous retrouvâmes dans le chalet.

Une douce chaleur régnait à l'intérieur. Les flammes orangées d'un feu de bois crépitaient dans la cheminée. Nous buvions du cidre chaud...

Oui... Ne te déconcentre pas ! Continue...

Je nous vois assises toutes les quatre autour de la table recouverte d'une nappe en plastique à carreaux rouges et blancs. Les chopes en porcelaine blanche emplies de cidre fumant collent à la nappe.

La lueur des flammes donne à nos joues un éclat d'un rouge doré...

Soudain, on frappe à la porte. Les chaises grincent contre le parquet de sapin blond.

Dehors, on entend des cris. Puis on frappe de nouveau.
Qui est-ce ?

Nous nous levons. Adriana arrive la première à la porte.

La scène est d'une clarté incroyable, à présent...

Adriana porte un pull jaune vif et un fuseau bleu marine. Ses cheveux noirs sont retenus en arrière par un bandeau, et son visage est encore rosi par le froid.

Elle ouvre grand la porte. Une bourrasque glacée s'engouffre à l'intérieur. Dehors, des flocons cristallins volettent.

Aaron !

Oui, c'est bien son anorak noir, sa casquette, noire aussi, enfoncée jusqu'aux sourcils.

Il est avec deux autres garçons. Mais je n'arrive pas à voir leur visage. Pourquoi ?

Puis plus rien.

Je clignai des paupières. Il faisait noir dans ma tête comme si quelqu'un venait d'éteindre la lumière.

Les garçons, mes amies, le feu dans la cheminée, le cidre chaud, le chalet, la neige. Tout avait disparu !

Je fermai les yeux. Il fallait que je me souvienne, que je retourne là-bas, dans le chalet... que je retrouve la mémoire.

Impossible. Les ténèbres avaient envahi mon esprit.

Avec un soupir impatient, je rouvris les paupières et baissai les yeux sur mon bureau.

— Oh ! m'écriai-je, stupéfaite.

Pendant tout ce temps, j'avais crayonné sur mon bloc sans même m'en rendre compte.

J'examinai le dessin de plus près et tressaillis d'horreur.

C'était le même visage.

8

Le lendemain matin, il faisait gris lorsque je m'éveillai. J'allais me lever pour aller au lycée, mais je me rappelai à temps que les cours avaient été annulés.

Je m'enfouis de nouveau sous ma couette. Mais j'eus beau me forcer, impossible de me rendormir.

Finalement, lorsque je parvins à m'arracher de mon lit, il était déjà neuf heures. Rooney, lovée à mes pieds, dormait comme une bienheureuse.

— Tu as passé la nuit ici ? demandai-je.

La chatte ne daigna ni me répondre ni même bouger une oreille.

Je passai la matinée à faire des courses pour ma mère. Quand je rentrai, vers midi, Laura m'attendait dans la cuisine.

— Tiens, salut ! m'écriai-je, surprise. Quoi de neuf ?

Elle me toisa de ses magnifiques yeux bleu-gris.

— Je te signale que tu avais promis de m'accompagner aujourd'hui.

Je me creusai la tête, tâchant de me souvenir de ce à quoi elle faisait allusion.

Se pouvait-il que ma mémoire me joue encore des tours ?

Laura portait un jean noir de coupe large et un gilet en cuir noir sur un col roulé marron foncé qui lui descendait presque jusqu'aux genoux. Ses cheveux, attachés en une simple queue de cheval, lui arrivaient au milieu du dos.

— Ne me dis pas que tu as oublié ma séance de photos !

jeta-t-elle d'un ton irrité en prenant une canette d'eau gazeuse dans le frigo. Rappelle-toi, tu avais promis de m'accompagner.

— Ah, oui, bien sûr !

La mémoire commençait à me revenir. Elle m'en avait parlé voilà plusieurs semaines.

— Je n'ai jamais travaillé pour ce type, expliqua-t-elle. Son studio se trouve dans un quartier plutôt mal famé de la vieille ville et, comme de bien entendu, mes parents sont trop occupés pour m'accompagner. Je préfère ne pas y aller toute seule parce que...

— Pas de problème, répliquai-je. Tu peux compter sur moi.

Si on ne l'interrompait pas, Laura ne savait pas s'arrêter. Elle soûlait ses interlocuteurs de paroles jusqu'à ce qu'ils n'en puissent plus.

Elle but une petite gorgée et fit la grimace.

— Beurk ! Je déteste ce truc... Ce qu'il ne faut pas faire pour garder la ligne...

— Il y a du Coca light, si tu préfères.

Elle déclina mon offre, porta de nouveau la canette à ses lèvres, puis se passa la main dans les cheveux.

— On m'a demandé de ne pas me coiffer, c'est pour ça que je les ai simplement attachés. Je suppose qu'on me coiffera là-bas...

Elle me détailla soudain d'un air perplexe.

— Mais, tu as changé de coiffure, toi !

— Pas du tout, répondis-je en riant, c'est à cause du vent. J'ai oublié de me peigner en rentrant.

Elle sourit, puis redevint sérieuse.

— Au fait, comment ça va ?

Je n'eus même pas le temps d'ouvrir la bouche pour répondre qu'elle enchaînait déjà :

— Bon, on ferait bien d'y aller. Je préfère être en avance. C'est la première fois que je travaille pour lui, tu comprends. Je sais bien qu'on va nous faire attendre, mais...

Elle poussa un soupir.

— Ça leur prend des heures pour régler leurs projecteurs. Et quand ils sont enfin prêts, il y a toujours une lampe qui grille ou les plombs qui sautent. Mais je ne veux surtout pas être la cause du retard. Il ne manquerait plus que les clients aillent se plaindre à l'agence ! J'ai toujours eu de bons contrats jusqu'à présent, je ne voudrais pas que ça change.

Elle reprit enfin son souffle.

— Je t'emmène ? demandai-je.

Elle avala une gorgée avant de poser la canette sur la table.

— Si ça ne t'ennuie pas, répondit-elle en jetant son anorak bleu sur ses épaules. Tu es sympa de m'accompagner, Martha. Et puis, ça nous donnera l'occasion de bavarder un peu.

« Parle pour toi ! » faillis-je répliquer. Moi, j'aurais de la chance si je réussissais à placer un mot.

Tandis que nous nous dirigions vers la vieille ville, une pluie verglaçante commença à tomber. Les essuie-glaces crissaient en cadence sur le pare-brise. La plupart des rues luisaient déjà sous le verglas, mais ma vieille Volvo tenait bien la route, sans glisser ni déraper.

Laura me décrivit en détail ses derniers achats vestimentaires.

— J'avoue que je me suis laissée un peu aller. Heureusement, d'après papa, si je porte les vêtements lors d'une séance de prises de vues, je pourrai déduire les factures de mes impôts. Au fait, je t'ai dit que j'allais peut-être être engagée dans une pub pour une chaîne de New York ? Tu te souviens de mon cousin, Artie ? Mais non, je suis bête, tu ne l'as jamais rencontré. Bref, il connaît un type super doué dans une grosse agence de Manhattan. Il pense m'obtenir une audition. Il faut absolument que je mette à jour mon book...

Son allusion à son book me rappela l'étrange portrait que j'avais dessiné.

Tiens, il faudrait que je le lui montre, peut-être qu'elle le reconnaîtrait. Oh, et puis à quoi bon ! De toute façon, elle refuserait de me dire quoi que ce soit.

L'hiver dernier, le Dr Sayles avait ordonné à mes amis de ne pas m'aider à retrouver la mémoire.

— Il ne faut surtout pas forcer le processus, leur avait-il dit. Je compte sur vous pour ne pas influencer Martha et ne lui donner aucune indication. Elle doit retrouver la mémoire à son propre rythme.

Tout de même, j'aurais bien aimé savoir si Laura connaissait le mystérieux inconnu de mes dessins.

La séance de photos se déroula sans problème. Assise à l'écart, je regardai Laura poser.

Le photographe, vêtu d'un ensemble en jean délavé, était un curieux petit bonhomme, maigre comme un clou, avec une tignasse blanche qui n'avait pas dû voir le peigne depuis un certain temps. Apparemment, il avait la manie de parler tout seul. Pas un instant, il ne ferma la bouche durant la séance, et son marmonnement incessant cloua même le bec à Laura !

Les photos étaient destinées à une marque de T-shirts. Laura dut en porter six de styles différents. L'assistante du photographe, une jeune femme agréable, à peine plus âgée que nous, servait de coiffeuse et de maquilleuse. Avant chaque prise, elle changeait la coiffure de Laura.

Laura était super. Son aisance me stupéfia. On aurait dit une vraie pro !

Inquiète de savoir si je m'ennuyais, elle me jetait sans cesse de petits coups d'œil. Je lui répondais par des signes de tête rassurants. Ce n'est pas tous les jours qu'on a la chance d'assister à une séance de photos de mode!

Lorsque je la ramenai chez elle, la pluie avait cessé mais une couche de verglas luisait sur la chaussée. Il faisait aussi sombre qu'à la tombée de la nuit.

— Au fait, je suis allée à une fête hier soir, annonça soudain Laura.

Elle se brossait les cheveux avec énergie, en se regardant dans le miroir du pare-soleil.

— Ah, c'est pour ça que tu n'étais pas là quand j'ai téléphoné!

— Oui, j'étais chez Gary Brandt. Ses parents étaient de sortie. Il en a profité pour faire une fête. Naturellement, ça a dégénéré!

— Que s'est-il passé?

Elle laissa tomber la brosse dans son sac et remonta le pare-soleil.

— Ivan a fait des siennes.

Je me tournai vers elle et faillis griller un stop.

— Ah bon?

— Il est malade, ce type! Si tu avais vu le nombre de bières qu'il a ingurgitées...

— Il s'est encore soûlé?

Pauvre Ivan! J'aurais vraiment aimé pouvoir l'aider.

— Il a bu comme un trou! Il a voulu danser et il s'est effondré... sur une table couverte de nourriture! Il y en avait plein la moquette! Et lui, il est resté affalé au milieu des chips et des canapés...

Elle fit une grimace de dégoût.

— Gary, Bobby Newkirk et d'autres ont dû l'allonger sur le divan. Il était dans un état... si tu l'avais vu!

— C'est triste, marmonnai-je.

— Je ne comprends pas comment j'ai pu sortir avec lui, grommela Laura. Il est trop nul, ce type!

— Adriana prétend que c'est ta faute s'il ne va pas bien... Parce que tu l'as plaqué.

Laura vira à l'écarlate.

— Ben voyons !

— Tu ne regrettes pas ?

— Pas le moins du monde. T'inquiète pas, il s'en remettra.

Je jugeai préférable de changer de sujet :

— Justine m'a appelée samedi soir. On a discuté un long moment. Je l'ai trouvée hyperdéprimée.

Laura se tourna vers moi.

— Et qu'est-ce que tu lui as dit ?

— Pas grand-chose, répondis-je en arrêtant la Volvo dans l'allée qui menait chez elle.

Laura sortit de la voiture. Mais au lieu de me dire au revoir et de refermer la portière, elle se pencha à l'intérieur.

L'expression grave avec laquelle elle me fixait me donna presque la chair de poule.

— Martha... fit-elle en baissant la voix.

— Qu'est-ce qu'il y a ?

— Méfie-toi de Justine.

9

Le lendemain, comme chaque semaine, je me rendis chez le psychiatre.

Avec son épaisse crinière blonde, ses yeux bleu clair et son bronzage, le Dr Sayles ressemble à un acteur. Il ne porte jamais de costume ; que des polos et des pantalons en toile qui mettent en valeur sa carrure d'athlète. À mon avis, il fait de la musculation.

En tout cas, il a plus l'air d'un surfeur californien que d'un médecin. Ce qui n'empêche pas que c'est un très bon psy et qu'il m'a beaucoup aidée.

La première fois que j'ai mis les pieds dans son cabinet, j'ai failli m'étrangler en voyant un poster de Jimi Hendrix sur le mur derrière son bureau. À la place du divan que je m'attendais à trouver, il y avait deux vastes fauteuils en cuir disposés face à face — l'un pour le patient et l'autre pour lui.

J'aime beaucoup le Dr Sayles mais, sincèrement, je me passerais bien de le voir.

Les séances sont toujours très pénibles. Non pas à cause des souvenirs de novembre dernier, mais précisément parce que je n'en garde aucun !

Parfois, j'ai honte de ne pas faire plus de progrès. Et quand je lui avoue que je ne me souviens toujours de rien, j'ai peur de le décevoir.

Alors autant vous dire que ce jour là, assise dans la salle d'attente, je bouillais d'impatience.

Enfin, j'avais quelque chose à raconter !

— Je crois que je... je... commence à retrouver la mémoire, annonçai-je, à peine installée.

Je me sentais si enthousiaste que j'en bafouillais.

— Vraiment ?

Le Dr Sayles se passa négligemment la main dans les cheveux pour les rejeter en arrière, puis tapota la pointe de son stylo sur le grand bloc-notes jaune posé sur ses genoux.

— Une image m'est revenue.

Il se pencha vers moi, me scrutant de son regard limpide comme s'il essayait de lire mes pensées.

— Oui... ? Quelle image, Martha ?

J'avais la bouche sèche. Je m'agrippai aux accoudoirs pour me calmer.

— Celle de deux chalets... Il y avait de la neige, beaucoup de neige, sur le sol et sur le toit des chalets. C'était en haut d'une colline... Une colline très haute.

Il hocha la tête.

Alors quoi, c'était tout l'effet que ça lui faisait !

Je me sentis affreusement déçue. Mais qu'est-ce que j'attendais donc ? Qu'il bondisse de son fauteuil ? Se précipite et me serre dans ses bras en hurlant de joie : « Oui, oui, c'est merveilleux, Martha » ?

À vrai dire, je ne sais pas ce que j'espérais. En tout cas, certainement pas un simple hochement de tête.

— C'est bien, Martha, dit-il enfin.

Il hocha de nouveau la tête puis griffonna quelques mots sur son bloc.

— Vous croyez que c'est un vrai souvenir ? demandai-je, pleine d'espoir. Est-ce que ces chalets existent vraiment ? Vous pensez que ça a un rapport avec... avec ce qui s'est passé ?

Il ignora mes questions.

— Qu'avez-vous vu d'autre ?

Je soupirai, dépitée. Il aurait pu montrer plus d'enthousiasme. Pourquoi refusait-il de m'aider ?

— Qu'y avait-il d'autre dans votre vision, Martha ? insista-t-il.

Je lui racontai la suite. Lui parlai de Justine, de Laura, d'Adriana, d'Aaron, et aussi des deux autres garçons dont je n'avais pas pu discerner le visage.

Il hocha de nouveau la tête.

— Est-ce que ça signifie que je commence à retrouver la mémoire ? demandai-je, agacée.

— Je crois, oui.

Il aurait pu me sourire, montrer un peu d'émotion ! Mais non, rien, il restait de marbre.

Je sais que dans son métier on n'est pas censé étaler ses sentiments, mais pour une fois, il aurait pu déroger à la règle. C'était un être humain, non ?

— C'est encourageant dit-il après un silence pesant, en croisant ses longues jambes.

Il portait des mocassins en daim clair et des chaussettes blanches.

— Et qu'avez-vous vu d'autre ? reprit-il.

— Ben, c'est tout.

Je me creusai la tête, tâchant de retrouver un détail qui m'aurait échappé.

— Ah oui ! m'écriai-je tout à coup en me souvenant des dessins que j'avais apportés.

Il se redressa dans son fauteuil.

— Que se passe-t-il, Martha ?

Je saisis mon sac à dos posé par terre à côté de moi et ouvris rapidement la fermeture Éclair.

— J'ai failli oublier...

Je sortis les feuilles et les dépliai.

— Tenez, fis-je en les lui tendant. Ce sont des portraits...

Je n'arrête pas de dessiner le même visage. C'est plus fort que moi. Vous le connaissez ?

Cette fois, sa réserve professionnelle l'abandonna.

Yeux écarquillés et bouche grande ouverte, il fixait mes dessins d'un air ébahi.

10

Une fois mes devoirs bouclés, le samedi suivant, je traînai mon ennui. Je ne savais pas quoi faire. Je ne pouvais même pas aller voir Aaron, car il était parti avec sa famille rendre visite à des cousins.

Assise à ma table de travail, je me laissais bercer par la musique qui montait d'en bas. Mon père écoutait la radio, c'était l'heure de son opéra. Il mettait toujours le volume à fond. La porte de ma chambre avait beau être fermée, j'entendais aussi bien que si j'avais été dans le salon.

Dehors, il faisait un temps magnifique. Il n'y avait pas un nuage dans le ciel bleu. Une épaisse couche de neige recouvrait l'appui de la fenêtre. Il avait neigé sans discontinuer pendant deux jours mais, à présent, le soleil était de retour.

Pour la énième fois, je baissai les yeux sur un des portraits de l'inconnu. Je fixai ses prunelles sombres. J'examinai la cicatrice blanche qui barrait son sourcil noir.

Qui était donc ce garçon ?

Pourquoi est-ce que je le dessinais sans cesse ?

Et pourquoi le Dr Sayles n'avait-il rien voulu me dire ? Pourquoi avait-il perdu contenance ? Pourquoi avait-il paru aussi choqué en voyant les dessins ?

Des questions, toujours des questions ! Jamais de réponse !

J'examinais encore le portrait lorsque la porte de ma chambre s'ouvrit brusquement.

— Salut, Martha ! s'écria Adriana avec un grand sourire.

Laura la suivait de près.

— Tu ne vas tout de même pas rester enfermée toute la journée ! lança-t-elle. Viens avec nous !

Vêtues toutes deux d'un anorak bleu marine et d'un jean, elles portaient chacune sous le bras une luge en plastique rouge, d'un rouge qui s'accordait bien avec les couleurs de leurs joues.

— Hein ? Quoi ? dis-je en laissant retomber le dessin sur mon bureau.

— Il fait un temps magnifique ! s'exclama Laura. C'est le plus beau jour de l'hiver. Il faut en profiter !

— C'est une journée idéale pour faire de la luge, ajouta Adriana avec enthousiasme. La neige a un peu gelé, il y a une croûte glacée en surface, je sens que ça va glisser super bien ! Viens avec nous à Miller Hill, Martha !

Je n'en revenais pas, elles trépignaient d'excitation comme des gamines de dix ans !

— Vous allez faire de la luge ?

Elles éclatèrent de rire. J'admets que je devais avoir l'air d'un rabat-joie, mais elles m'avaient prise totalement au dépourvu.

— Et pourquoi pas ? lança Laura. On a bien le droit de s'amuser. Ras le bol d'être trop vieilles pour rigoler. C'est épuisant de jouer les blasées tout le temps !

— Elle a raison ; viens, Martha ! insista Adriana en me tirant de ma chaise. On t'a pris une luge aussi. N'oublie pas ton anorak ! Remarque, il ne fait même pas froid.

— On va faire la course ! s'exclama Laura en me poussant vers la porte, aidée par Adriana. Quand les gosses vont nous voir arriver, ils vont déguerpir en vitesse. On aura la piste pour nous toutes seules.

— D'accord, je me rends ! dis-je finalement.

Nous descendîmes les marches en courant, tout en chantant à tue-tête. Mon père, furieux, nous cria de nous taire.

Ce qui bien entendu nous fit rire de plus belle et chanter encore plus fort.

Laura et Adriana avaient raison : il fallait en profiter et s'amuser. À quoi bon rester dans ma chambre à broyer du noir ou à contempler ce dessin sinistre ?

Je crois bien que je n'avais pas ri, vraiment ri aux éclats, depuis l'accident. Depuis que j'avais perdu la mémoire.

J'attrapai au passage mon anorak et une paire de gants en laine et suivis mes deux amies sur le perron.

Elles ne m'avaient pas menti. Il faisait un temps magnifique. L'air était délicieusement vivifiant et, sous le soleil resplendissant, la neige étincelait comme un tapis doré.

Arrivée en haut de la rue, Adriana dérapa et s'effondra, les quatre fers en l'air. Laura et moi, nous nous précipitâmes sur elle pour lui enfoncer le nez dans la neige.

Adriana s'était à peine dégagée que nous l'attaquâmes sauvagement à coups de boules de neige.

Trempées et à bout de souffle, nous récupérâmes en riant nos luges qui avaient dévalé jusqu'au milieu de la rue avant de continuer notre route.

Miller Hill est la piste de luge favorite de tout Shadyside. Abrupte et pleine de bosses, elle aboutit dans un immense champ. La neige paraît toujours plus épaisse et glissante là-bas. Et la grande descente vous procure de telles sensations que personne ne rechigne à grimper jusque là-haut.

La piste scintillait sous le soleil radieux. Depuis le bas de la colline, on apercevait des douzaines de gamins de tous âges glissant sur le versant enneigé.

Pour rien au monde je n'aurais voulu manquer ce spectacle !

Couvercles de poubelle, luges gonflables en forme de beignet rivalisaient avec les traditionnelles luges en bois et en fer. Vêtus d'anoraks rouges, bleus, violets et coiffés de bonnets ou de casquettes de couleur vive, les enfants ressemblaient aux petits bonshommes que l'on accroche aux branches des sapins de Noël.

Bon, d'accord, j'admets que la comparaison peut sembler mièvre, mais ça valait vraiment le coup d'œil. Ça me rappelait mon enfance, cette époque heureuse où j'étais encore insouciante.

— Vous ne trouvez pas que la colline est vachement plus haute que d'habitude ? commenta Laura en s'écartant d'un bond pour éviter deux gosses qui arrivaient à toute vitesse sur des sacs-poubelle.

— Oh, je te vois venir, toi ! fit Adriana. Pas question de rebrousser chemin ! Elle est exactement comme d'habitude. Allez ! On monte !

Courbées en deux contre le vent, nous commençâmes péniblement à grimper. À mi-pente, une bourrasque m'arracha ma luge des mains et je dus m'élancer à sa poursuite.

Finalement, après avoir trébuché et dérapé une dizaine de fois, je parvins au sommet.

Mais où étaient passées Adriana et Laura ?

Main en visière pour me protéger du soleil aveuglant, je les cherchai parmi la foule.

Je n'eus pas de mal à les repérer. Elles avaient trouvé un endroit dégagé sur le côté, près d'un groupe de gamins sérieux comme des papes, et s'apprêtaient déjà à descendre.

Laura avait choisi de s'asseoir sur sa luge, tandis qu'Adriana s'était allongée sur le ventre.

Je me précipitai pour les pousser par surprise, mais je ne fus pas assez rapide.

Elles s'élancèrent ensemble, en hurlant de joie.

Les luges prirent tout de suite de la vitesse. Laura décolla sur une bosse, s'accrocha aux poignées, et parvint de justesse à garder l'équilibre.

Adriana arriva en bas la première et continua sa course folle jusqu'au milieu du champ.

Je souris. Quelle descente !

À mon tour !

Cela faisait une éternité que je n'étais pas montée sur une luge. Quel âge pouvais-je bien avoir la dernière fois que j'étais venue ici ?

Dix ans ? Onze, au maximum...

Peu importait ! Après tout, il n'y avait pas que les gosses qui savaient s'amuser.

En bas de la piste. Adriana et Laura se tenaient côte à côte, leurs luges près d'elles. Adriana avait enlevé son bonnet et ôtait la neige qui collait à ses cheveux. Toutes deux m'attendaient, les yeux levés vers moi.

— J'arrive ! hurlai-je en mettant mes mains gantées en cornet autour de ma bouche.

À mon avis, elles étaient trop loin pour m'entendre.

Une bourrasque de vent faillit me déséquilibrer.

Je posai ma luge sur la neige, tout près du bord, puis m'agenouillai dessus.

J'eus à peine le temps d'agripper les poignées qu'une nouvelle bourrasque me projeta brutalement en avant.

Par miracle, je ne tombai pas. La luge prit rapidement de la vitesse et se mit à dévaler la pente à toute allure. Soudain, elle passa sur une bosse. Je rebondis brutalement en hurlant.

Autour de moi tout était blanc. Trop blanc, trop froid.

Tempête blanche qui allait m'engloutir.

Murs de glace qui me sifflaient aux oreilles.

Qui allaient m'écraser. M'étouffer.

Non ! Non !

Je tombais dans le vide, sans fin.

J'entendis des hurlements de terreur.

Avec horreur, je réalisai que c'était moi qui criais.

Je hurlais à m'en faire éclater les poumons.

Je hurlais sans pouvoir m'arrêter.
Je hurlais à m'en crever les tympans.
Et les murs de glace se refermèrent sur moi.
Tandis que je hurlais encore et encore.

11

Je ne me souviens pas vraiment comment je suis rentrée chez moi.

De toute évidence, Adriana et Laura m'ont raccompagnée.

Je revois encore leur expression affolée quand elles se sont précipitées à ma rencontre au bas de la colline. Je m'agrippais si fort aux poignées de ma luge qu'elles ont dû me détacher les doigts un à un avant de parvenir à me mettre debout.

Je revois aussi leurs yeux écarquillés, leurs joues rouges et leurs lèvres qui s'agitaient frénétiquement, comme si elles criaient.

Les pauvres s'égosillaient en vain, car je n'entendais rien tant je hurlais.

Je hurlais à perdre haleine.

Autour de nous, les gamins me regardaient, terrifiés. Une mère de famille écarta en hâte deux petites filles qui se couvraient les oreilles de leurs mains gantées.

Pas un détail ne m'échappait. Je voyais tout, mais impossible de m'arrêter.

J'avais l'impression qu'à l'intérieur de moi une créature essayait de m'éventrer. Elle hurlait et hurlait pour que je lui rende sa liberté.

Qu'est-ce qui avait bien pu me terroriser ainsi ?

La neige ? La luge ? La descente vertigineuse ?

La sensation de perdre le contrôle de la situation ?

Je l'ignore, mais en tout cas, je crois bien que je n'ai pas cessé de hurler durant tout le trajet du retour.

Pour être honnête, je ne me souviens pas vraiment de ce trajet. Je me rappelle seulement que lorsque enfin je me suis tue, j'avais la gorge en feu et je n'avais plus de voix.

Ma pauvre Martha, me suis-je dit, ça ne s'arrange pas !

Où étais-je ?

On m'avait mise au lit. J'étais allongée sous ma couette.

En bas, mes parents s'agitaient. Mon père essayait de joindre le Dr Sayles au téléphone, tandis que ma mère me préparait un bol de soupe.

Je frissonnais de la tête aux pieds, les yeux fixés sur le plafond blanc...

Blanc comme la neige.

Et j'eus un nouveau flash-back. Une vision me traversa l'esprit, aussi rapidement qu'une luge dévalant la colline.

De la neige, encore. Des chalets couverts de neige... Des murs de poudreuse grimpaient jusqu'aux fenêtres, et les glaçons argentés qui pendaient des gouttières ressemblaient à des lames de poignard.

Je vis d'abord Justine, puis Laura et Adriana.

Une bataille de boules de neige...

J'entendis le bruit mat d'une boule qui s'écrasait sur le dos d'Adriana.

Il y eut des rires. Ceux des garçons.

Les boules de neige volaient.

Puis je vis Aaron près de moi. Des mèches brunes s'échappaient de sa casquette à carreaux marron et blancs. Un grand sourire éclairait son visage rougi par le froid. De la buée s'échappait de sa bouche entrouverte.

Je me baissai brusquement, évitant de justesse une boule de neige.

Tout le monde criait et riait aux éclats.

Allongée dans mon lit, les paupières closes, j'esquissai un sourire. Au moins, on s'amusait bien !

La neige scintillait. Aaron visa Laura, qui plongea à genoux dans la neige molle. Une boule vint aussitôt s'écraser sur sa nuque.

Elle pouffa de rire puis fit semblant d'être en colère :

— Toi, mon coco, je ne vais pas te louper !

Je n'arrivais pas à voir à qui elle s'adressait.

Aaron... ?

Non, c'était Ivan !

Oui, c'était bien lui, vêtu de son éternel blouson de cuir, avec son bouc maigrichon et son petit sourire en coin. Bien entendu, il ne portait ni gants ni bonnet.

Il lança une nouvelle boule qui atteignit Laura en pleine poitrine.

Dans un grand éclat de rire, elle se précipita sur lui. Elle le saisit par le col et lui fit un croche-pied pour le déséquilibrer.

On s'esclaffait tous comme des gosses.

Je revoyais parfaitement la scène... J'étais en train de retrouver la mémoire !

Aïe !

Une masse dure et glacée venait de s'écraser en plein sur mon front. J'essuyai la neige qui me dégoulinait dans les yeux et entendis un éclat de rire méchant.

Un nouveau projectile me frappa aussitôt dans le cou, juste au-dessus du col de mon anorak.

Eh ! Ça faisait mal !

Qui m'attaquait ?

Malgré mes efforts, je n'arrivais pas à voir. La vision semblait s'estomper.

Je respirai calmement et tâchai de me concentrer...

Justine ! ?

La colère lui déforme les traits. Elle me bombarde furieusement, tassant boule après boule entre ses gants verts.

Je crie :

— Ça suffit ! Arrête !

Elle fait semblant de ne pas m'entendre. Au contraire, même, son attaque redouble de violence.

Je n'y comprends rien. Qu'est-ce que j'ai donc fait pour provoquer tant de haine ?

Alors, je me mets à riposter.

J'attrape la neige à pleines poignées que je tasse à la hâte et projette de toutes mes forces.

Notre bagarre n'a plus rien d'un jeu. On s'insulte comme des harpies, et on vise pour se faire mal.

Puis, brusquement, je me sens tirée en arrière. M'agrippant par les épaules, Ivan et Aaron m'entraînent à l'écart tandis qu'Adriana et Laura s'occupent de Justine.

Elle pousse des hurlements. Je ne saisis pas ce qu'elle crie.

Je n'ai jamais vu quelqu'un me haïr à ce point.

Laura et Adriana la saisissent chacune par un bras et la conduisent à l'intérieur d'un des chalets pendant qu'Aaron et Ivan me retiennent.

Toute la joie que nous partagions quelques instants plus tôt s'est envolée. Je me sens aussi glacée que le vent qui me fouette le visage.

Le blanc s'estompe. Le paysage s'obscurcit.

Que se passe-t-il ?

Allongée dans mon lit, je résistais, ne voulant pas perdre le fil de ma mémoire.

Je veux voir. Je veux me souvenir. Je *dois* me souvenir !

Il fait sombre. Il est tard. Je suis à l'intérieur du chalet. Un feu danse dans la cheminée à l'autre bout de la pièce. Je suis adossée à un mur... assise sur un long banc bas.

Je ne suis pas seule. Quelqu'un m'enlace.

Il fait si noir que je ne peux même pas voir le visage de celui qui m'embrasse.

Quelle question ! Ce ne peut être qu'Aaron. Je ne vois pas qui je pourrais embrasser d'autre !

Il fait si noir... Je n'arrive toujours pas à discerner son visage.

Aaron ? Pourquoi ne puis-je pas te voir ?

Parce que ce n'est pas lui !

Un frisson me secoue les épaules tandis que je lutte pour me souvenir.

Tout à coup, pressé contre moi, je vois le garçon qui écrase sa bouche sur la mienne.

Ses lèvres insistantes n'admettent pas de résistance.

Ce n'est pas Aaron que j'embrasse, mais quelqu'un d'autre.

Il s'écarte... me sourit.

Et je vois ses yeux sombres et sérieux, son nez retroussé, la petite cicatrice blanche qui barre son sourcil brun.

C'est donc lui que j'embrasse !

Malgré la pénombre, je reconnais très distinctement le visage que je ne cesse de dessiner.

12

L'après-midi suivant, je rassemblai en hâte tous les portraits de l'inconnu, les fourrai dans mon sac à dos, et sortis discrètement de chez moi.

Aaron, mon vieux, me dis-je, il va falloir que tu m'aides !

Mes bottes s'enfoncèrent dans la neige craquante qui recouvrait le trottoir. Une bourrasque glacée me cingla le visage et je me dépêchai de remonter le col de mon anorak.

Mes parents voulaient que je me repose. Ils n'avaient pas réussi à joindre le Dr Sayles, qui assistait à un colloque à l'autre bout du pays. Par prudence, ils m'avaient demandé de ne pas sortir et de rester tranquillement au chaud encore un jour ou deux.

Mais même sous ma couette douillette, je savais que je ne trouverais pas le repos. Ce n'étaient pas des tasses de thé brûlant ni des bols de soupe qui parviendraient à apaiser mon angoisse.

Il n'y avait que la vérité qui pourrait m'aider. Tant que je ne saurais pas ce qui s'était passé en novembre dernier, je n'aurais pas l'esprit en paix.

Et, qu'il le veuille ou non, Aaron allait tout me raconter.

Une rafale de vent écarta brutalement les pans de mon anorak. Je remontai la fermeture Éclair jusque sous mon menton et repris ma route, tête baissée.

Au carrefour suivant, j'aperçus la maison d'Aaron. Deux grands sapins couverts de neige semblaient monter la garde de part et d'autre de l'entrée. Le perron et l'allée qui menait au garage avaient été dégagés et la neige rejetée sur la pelouse. Un glaçon gros comme une carotte pendait de la marquise en bois.

Je pressai la sonnette. Elle avait dû geler car j'eus beau appuyer comme une forcenée, le timbre resta muet.

Je me résolus à frapper. Dans ma précipitation, j'avais oublié mes gants et je soufflai sur mes mains frigorifiées en attendant qu'on vienne m'ouvrir.

Ça leur en prenait, du temps !

Je frappai de nouveau.

Ah, enfin !

La lumière du perron venait de s'allumer. J'entendis tousser, puis un bruit de pas.

Le petit frère d'Aaron, Jake, ouvrit la porte. Une barre de Kit Kat à la main, il me regarda, l'air ahuri.

— Salut ! Aaron est là ?

— Ouais.

— Je voudrais le voir, dis-je, d'un ton agacé, car il ne s'écartait pas pour me laisser passer.

Aaron surgit avant que son petit frère ait eu le temps de répondre et le délogea de l'entrée. Jake riposta par une bourrade puis détala à toutes jambes.

— Tiens, Martha ! fit Aaron en se passant la main dans les cheveux. Quelle surprise !

Il portait un jean large et un sweat-shirt marron et gris avec le logo du lycée sur la poitrine.

— Il faut que je te voie, c'est très important ! m'écriai-je. J'ai besoin de ton aide. J'ai un truc à te montrer. Je me pose plein de questions !

— Euh, c'est-à-dire que...

Il jeta un bref coup d'œil inquiet par-dessus son épaule.

Il en faisait une tête ! Pourquoi ne m'invitait-il pas à entrer ?

— Bon, on rentre ? Je suis gelée.

— Oui, oui, bien sûr, bafouilla-t-il en rougissant et en s'écartant.

Je tapai des pieds sur le paillasson pour ôter la neige collée à mes bottes avant de me réfugier dans l'entrée tiède. Un courant d'air froid s'engouffra à ma suite. J'ôtai rapidement mon sac à dos et mon anorak et les jetai par terre à côté du divan du salon.

— Je suis de corvée, annonça Aaron. Je garde Jake.

— Tes parents sont sortis ?

Il acquiesça d'un signe de tête en enfonçant les mains dans ses poches.

— J'ai plein de trucs à te dire, commençai-je.

— On m'a raconté ce qui s'était passé hier, grommela-t-il en détournant les yeux vers la fenêtre. J'espère que ça va mieux.

Que lui arrivait-il ? Je ne l'avais jamais vu aussi mal à l'aise avec moi.

Je me frottai vigoureusement les mains pour me réchauffer. À l'autre bout de la maison, une télévision était allumée. À en croire les voix nasillardes et les éclats de rire de Jake, ce devait être un dessin animé.

— Je voudrais te montrer des portraits que j'ai dessinés...

Au moment où je me baissais pour attraper mon sac, un bruit de vaisselle brisée retentit dans la cuisine.

Aaron tressaillit.

— Tu n'es pas seul ? demandai-je en me redressant.

Il rougit.

— Euh... si, si.

D'un bond, je traversai le salon et allai ouvrir la porte de la cuisine.

— Justine ! ? m'écriai-je. Mais qu'est-ce que tu fiches ici ?

13

En entendant la porte s'ouvrir, Justine fit volte-face. Elle se figea, des morceaux de verre cassé à la main.

— Figure-toi que la calculatrice de Justine est tombée en panne, expliqua Aaron, qui se tenait juste derrière moi. Elle est venue voir si je pouvais lui prêter la mienne.

— Ouais, c'est pas de chance ! s'empressa d'acquiescer Justine en repoussant une mèche rousse qui lui pendouillait sur le front. Je suis désolée, Aaron. Je suis d'une maladresse ! Je me servais à boire et le verre m'a échappé. Je...

— Tu te cachais, c'est ça ? lançai-je d'une voix tremblante de colère. Pourquoi ? Réponds !

— Mais... pas du tout ! Je t'assure, Martha, je...

— C'est moi qui le lui ai demandé, intervint Aaron.

— Pourquoi ?

— Je lui ai demandé de rester dans la cuisine, parce que j'avais peur que tu t'imagines des choses...

— Non, mais attends, je rêve ! m'écriai-je.

Justine posa les tessons sur le comptoir.

— Calme-toi, Martha, susurra-t-elle. Tout va bien...

Aaron me prit par les épaules.

— Oui, tout va bien, répéta-t-il.

— Après ta crise de nerfs d'hier à Miller Hill, expliqua Justine, on a eu peur que tu le prennes mal si tu me trouvais ici. Aaron a cru bien faire en me demandant de rester dans la cuisine.

Aaron me fit gentiment pivoter vers lui. Il plongea ses yeux bleus dans les miens.

— C'était idiot, je le reconnais. Je suis vraiment désolé. Je voulais t'épargner...

— On ne tenait pas à ce que tu refasses une crise de nerfs, tu comprends, ajouta Justine. Je suis simplement passée prendre la calculette d'Aaron, c'est tout.

Je baissai la tête. Les taches noires et grises du linoléum s'éloignaient et se rapprochaient. Je fermai les yeux.

— Désolée, marmonnai-je. Je suis ridicule. Vous devez me prendre pour... une folle.

Aaron m'enlaça brièvement la taille. Justine m'adressa encore quelques paroles apaisantes, puis Aaron lui donna la calculatrice. Elle enfila son manteau, s'excusa une dernière fois et fila.

Appuyée contre la fenêtre du salon, je la regardai s'éloigner d'un pas pressé, tête baissée. J'hésitais, ne sachant si je devais les croire ou non.

Comment imaginer qu'Aaron, si généreux, si merveilleux, si attentif avec moi... Non, c'était impossible !

Je décidai de les croire.

Sentant qu'il m'observait, je me tournai vers lui. Installé sur le divan, il tambourinait machinalement sur l'accoudoir du bout des doigts.

Je traversai le salon et allai m'asseoir à l'autre bout du canapé.

— Désolé pour ce... malentendu, marmonna-t-il en tapotant de plus belle.

— Je suis en train de retrouver la mémoire, annonçai-je.

Je vis la surprise se peindre sur son visage. Un petit muscle tressauta au coin de ses lèvres. Il déglutit.

— Des images me reviennent, continuai-je. Je me souviens même de scènes entières.

Il poussa un soupir. Puis, d'une voix à peine plus forte qu'un murmure, il dit :

— Attends-toi que ce soit très douloureux.

Il me prit la main et la serra. J'aurais aimé qu'il la garde plus longtemps mais il la relâcha presque aussitôt.

— Pourquoi ?

Il hésita.

— Tu sais bien que je ne peux pas t'expliquer.

— Je veux savoir, insistai-je. Dis-moi pourquoi ça va être douloureux.

— Ton psy nous a recommandé de ne pas t'aider. Il nous a dit qu'il fallait que tu retrouves la mémoire toute seule. Il nous a fait promettre de ne pas te raconter ce qui s'est passé ce jour-là.

— Je t'en prie, Aaron ! fis-je en l'agrippant par le bras pour l'attirer vers moi. Dis-moi !

Il résistait et laissa échapper un cri de désespoir en me fixant droit dans les yeux.

— Il est arrivé quelque chose d'atroce, Martha ! Quelque chose qui nous a tous bouleversés...

Il s'interrompit et esquissa un sourire plein d'amertume. Jamais je ne lui avais vu une expression pareille.

— Tu devrais plutôt t'estimer heureuse. Parfois, l'oubli est préférable.

— Mais...

Son étrange sourire s'effaça. Il se gratta la tête.

J'enrageai de dépit. J'aurais tant aimé qu'il me raconte ce qui s'était passé ! Je voulais tout savoir dans les moindres détails. Malheureusement, c'était peine perdue. Pour rien au monde mes amis n'auraient désobéi au Dr Sayles.

Les dessins !

Comment avais-je pu les oublier ?

Vite ! Mon sac à dos. Mes mains tremblaient si fort que j'eus du mal à ouvrir la fermeture Éclair. Enfin, je sortis les portraits.

— Qu'est-ce que c'est ? demanda Aaron en se rapprochant de moi.

Je les lui montrai.

— Je n'arrête pas de dessiner le même visage.

Il étouffa un cri.

— Qui est-ce ? demandai-je.

Il secoua la tête, fixant les portraits, l'air atterré. Et dans ses yeux, je crus lire de la peur.

— Non ! souffla-t-il.

— Qui est-ce ? insistai-je. Je le dessine sans cesse... Je t'en prie, dis-le-moi !

— Non ! cria-t-il en détournant la tête.

Je lui collai les dessins sous le nez.

— Je t'en supplie ! Dis-le-moi !

Il les écarta d'un geste violent et se leva d'un bond.

— Je ne peux pas, Martha ! Tu sais très bien ce que nous a dit le toubib.

Je me levai à mon tour, bien décidée à ne pas abandonner.

Il fallait que je sache. Ce visage me rendait folle. Il m'obsédait. Je le voyais partout.

— Dis-moi au moins si c'est quelqu'un que je connais !

Il resta muet.

— Dis-moi ! hurlai-je en agitant les dessins devant lui.

Il recula et fit le geste de se fermer les lèvres comme avec une fermeture Éclair.

— Arrête, Martha ! Ne rends pas les choses plus difficiles qu'elles ne le sont déjà.

Je sentis ma gorge se serrer, le sang battre à mes tempes. Il fallait que je sache ! Immédiatement !

— Je veux savoir ! Qui est-ce ? Où est-il ? Pourquoi est-ce que je ne l'ai jamais vu au lycée ? Hein, pourquoi ?

J'étais allée trop loin.

Aaron perdit son sang-froid. Il serra les poings, son visage s'empourpra. Puis il siffla entre ses dents :

— Tu sais pourquoi tu ne l'as jamais vu, Martha ? Tu veux vraiment que je te dise pourquoi ?
— Oui.
— Parce qu'il est mort !

14

Le mardi soir, comme j'avais fini mes devoirs de bonne heure, je décidai de travailler à mon dossier.

En prenant mon carnet à dessin, un des portraits de l'inconnu en tomba. Je le ramassai et l'étudiai avec attention.

Pourquoi est-ce que je dessinais un mort ?

J'éloignai la feuille, la rapprochai, la penchai. En l'examinant sous des angles différents, peut-être que je parviendrais à le reconnaître.

Cependant, malgré tous mes efforts, les yeux sombres continuèrent à me fixer sans rien dévoiler de leur identité.

J'aurais donné cher pour savoir de qui il s'agissait.

Aaron s'en voulait terriblement de m'avoir révélé que l'inconnu de mon portrait était mort. Depuis, il refusait de me parler.

Le lendemain, au lycée, lorsque j'avais voulu m'excuser, il s'était dépêché de filer dès qu'il m'avait vu approcher. Chaque fois que je téléphonais chez lui, c'était Jake qui décrochait, pour dire que son frère n'était pas là.

— Je ne veux pas te perdre, Aaron, murmurai-je, le cœur serré.

J'examinai de nouveau le portrait.

— Qui es-tu ? demandai-je pour la énième fois. Pourquoi t'ai-je embrassé dans le chalet ?

Et pourquoi le dessinais-je sans arrêt ?

Soudain, une pensée terrifiante me glaça, malgré la chaleur qui régnait dans ma chambre.

C'était lui qui voulait que je le dessine... Il avait pris possession de mon esprit et guidait ma main depuis sa tombe.

N'importe quoi ! Et il allait aussi sans doute bientôt sortir de son cercueil pour me rendre une petite visite !

Je froissai la feuille et la jetai dans la corbeille. Mains tremblantes, je sortis deux fusains de mon tiroir.

— Tiens, je vais dessiner un chat.

D'ici deux semaines, je devais boucler mon dossier. Si je n'avais rien de mieux à montrer, je ne risquais pas d'être sélectionnée.

— Rooney ? Viens ici, je vais te dessiner.

Cette ingrate n'était jamais là quand j'avais besoin d'elle.

Tant pis ! Je la connaissais suffisamment pour parvenir à la reproduire de mémoire.

— Martha, cria soudain ma mère, tu as de la visite ! Adriana est là.

J'entendis les pas de mon amie dans l'escalier.

— Salut ! Ça va ? demandai-je lorsqu'elle entra dans ma chambre.

— Pas mal, et toi ?

Elle retira son écharpe en laine et son anorak bleu et les jeta sur mon lit.

— Il fait un froid de canard, dehors ! continua-t-elle, repoussant des deux mains ses boucles brunes. Tu as l'air en pleine forme !

Depuis l'incident de Miller Hill, je m'étais confondue en excuses auprès de Laura et d'Adriana. Pourtant, j'avais beau les rassurer, elles n'arrêtaient pas de me surveiller et de me répéter que j'avais l'air en pleine forme !

Adriana se laissa tomber sur mon lit avec un grand soupir.

— Tu as fini tes devoirs ? demanda-t-elle.

— Oui, je n'avais pas grand-chose. Je pensais dessiner un peu pour...

— C'est de pire en pire, à la maison, coupa-t-elle.

— Quoi ? Tes parents ? Ça ne s'arrange pas ? Tu veux dormir ici ?

Elle était souvent venue se réfugier chez moi lors des disputes de ses parents. À une certaine époque, la situation s'était tellement détériorée qu'elle avait même envisagé de s'installer définitivement ici.

— Non, ce n'est pas mes parents, expliqua-t-elle en frottant du bout du pied une tache sur le tapis. Papa a déménagé samedi. Pas trop tôt !

Son apparente indifférence me surprit. Adriana préférait son père à sa mère, et je doutais que son départ la réjouisse autant qu'elle le prétendait.

— C'est Ivan, lâcha-t-elle en triturant les franges de son écharpe. Je m'inquiète pour lui.

Je pivotai dans mon fauteuil pour lui faire face et posai mon carnet sur mes genoux afin de pouvoir continuer à dessiner tout en discutant.

— Qu'est-ce qu'il a encore fait ?

Elle hésita.

— Peut-être que je m'imagine des choses, mais... tout à l'heure, je suis allée dans sa chambre pour lui demander un truc, et j'ai remarqué un nouveau magnéto et un nouveau baladeur C.D.

Je relevai les yeux, surprise.

— Et alors ? Je ne vois pas ce qu'il y a d'étrange !

Elle entortilla l'écharpe autour de son poignet. Un éclair de colère traversa ses yeux noirs.

— Ah, oui ! Et comment il s'est procuré le fric, à ton avis ?

J'y réfléchis tout en attendant qu'elle poursuive.

— Je suis certaine que c'est du matériel volé, reprit-elle. Tu es au courant qu'il passe son temps avec une bande de loubards ? Eh bien, figure-toi que deux de ses nouveaux copains se sont fait renvoyer de leur lycée pour avoir mis le feu aux toilettes !

— Charmant.
— Je ne te le fais pas dire ! Ivan est toujours fourré avec eux. Il prétend que ce sont des types géniaux et qu'ils savent s'amuser, *eux*...
Elle jeta l'écharpe sur le lit et fronça les sourcils.
— Je me fais vraiment du souci... Il débloque complètement. Il est en train de fiche sa vie en l'air...
Je m'apprêtais à lui répondre mais, en baissant machinalement les yeux sur mon carnet, je ne pus retenir un cri d'effroi.
— Oh, non !
Ce n'était pas un chat que je venais de dessiner mais encore le même visage.
Pourquoi ? Mais pourquoi ? J'en avais marre de ce portrait !
Je sentis la main d'Adriana sur mon épaule et me tournai vers elle. Elle était blême et regardait fixement le dessin.
— Ça te dirait de venir voir le match de basket, vendredi ? demanda-t-elle subitement.
— Quoi ?
— L'équipe du lycée joue vendredi soir, on pourrait y aller. Ça te ferait du bien de t'amuser un peu, de te changer les idées.
Ce que je désirais, c'était retrouver la mémoire, pas me distraire ! songeai-je avec tristesse.
— Ouais, ça serait sympa, répondis-je pourtant.

Le vendredi suivant, Laura et Adriana vinrent me chercher un peu à l'avance. Nous en profitâmes pour traîner en ville dans la voiture de Laura.
On avait mis la radio à fond et on chantait à tue-tête. Laura prenait les virages sur les chapeaux de roues et on s'amusait à siffler tous les garçons que nous croisions. Bref, on s'éclatait.

Ce n'était pas très malin, mais après l'interminable et sinistre hiver qui venait de s'écouler, ça nous faisait du bien de nous défouler un peu.

Lorsque nous arrivâmes en trombe sur le parking du lycée, le match avait commencé depuis dix bonnes minutes. Nous nous ruâmes vers le gymnase, où nous accueillirent le martèlement du ballon de basket sur le parquet et les cris déchaînés des supporters.

Tandis que nous escaladions les gradins, je jetai un coup d'œil au tableau d'affichage. Déjà huit à deux en faveur de nos adversaires, les Faucons d'Ironton. Ça commençait mal !

— Allez, les Tigres ! criai-je. Vous êtes les meilleurs !

Une fois arrivées en haut, nous réussîmes à convaincre des gamins de nous laisser leurs places.

Les Tigres mirent un panier, sous les acclamations de la foule.

— Où est Aaron ? demanda Laura, qui dut hurler pour se faire entendre.

Je haussai les épaules.

— Aucune idée ! Il ne m'a pas appelée.

Je me concentrai sur le match. Ce soir, pas question de penser à Aaron, ou à qui ce soit d'autre.

Ce soir, je voulais m'amuser, crier avec la foule, encourager l'équipe de Shadyside et, après le match, aller traîner en ville ou manger une pizza.

Bref, je voulais me conduire normalement, et non pas comme une folle dont tout un pan de la vie avait disparu. Une pauvre folle que tout le monde plaignait.

— Allez les Tigres !

L'arbitre siffla la mi-temps. Corky Corcoran se précipita sur le terrain à la tête de son équipe de pom-pom girls pour encourager les Tigres.

— Eh, tu as vu comme il est canon, le type, là-bas ! me

dit Adriana en désignant le banc sur lequel les Faucons se reposaient.

— Lequel ? demandai-je en plissant les yeux. Le grand ?

Elle pouffa de rire.

— Idiote ! Ils sont tous grands ! Celui avec les cheveux noirs frisés.

— Celui qui n'arrive pas à lacer ses baskets ?

Elle ignora ma remarque ironique.

— Ce soir, c'est lui mon héros, fit-elle, la main sur le cœur.

— Traîtresse !

Une fois leur numéro achevé, les pom-pom girls regagnèrent les gradins. Les joueurs posèrent serviettes et bouteilles d'eau et retournèrent sur le terrain.

Une sonnerie retentit, annonçant la reprise du match.

La partie était serrée. À l'approche de la deuxième pause, les deux équipes en étaient à vingt-quatre partout.

— Je meurs de faim ! grommela soudain Laura en me tirant par le bras. Dépêchons-nous d'aller au bar avant la cohue.

— Bonne idée, acquiesça Adriana.

Une minute avant que l'arbitre ne siffle, nous descendîmes rejoindre la buvette installée dans le hall du gymnase.

Nous étions presque arrivées en bas des gradins lorsqu'un des joueurs de l'équipe adverse mit un panier. La foule poussa une clameur de déception.

Les Tigres récupérèrent le ballon. Il y eut une passe, puis une seconde. Le joueur commença à dribbler. Le ballon lui échappa. Furieux, il poussa un cri de dépit et je vis son visage.

Non !

C'était le même que celui de mes dessins !

— C'est lui ! criai-je, en me penchant pour agripper Adriana. C'est lui !

Je ratai son épaule et dévalai les marches.

Heureusement, je parvins à retrouver l'équilibre. Mais à l'instant où mes yeux se posèrent de nouveau sur le terrain, un autre joueur se tourna vers moi. Lui aussi avait le même visage !

Un à un, ils me firent face.

Tous avaient les cheveux bruns ondulés, le nez retroussé et le regard sombre.

Tous avaient le même visage !

Le visage du mort !

Tandis qu'ils me fixaient, leur sourire s'évanouit, leur bouche se tordit et leurs yeux s'écarquillèrent.

Ils se mirent à hurler.

Et mes cris de terreur les accompagnèrent.

15

— C'est lui ! C'est le mort !

Était-ce moi qui hurlais ainsi ?

Je sentais tous les yeux fixés sur moi tandis que Laura et Adriana me tiraient en bas des gradins.

— C'est lui ! Laissez-moi ! C'est le mort ! Il faut que je lui parle !

La sonnerie stridente qui annonçait la fin du jeu se déclencha brusquement. Paniquée, je me figeai.

Mes amies me poussèrent vers la sortie. Mais je réussis à leur échapper. Il fallait absolument que je le voie ! Que je lui parle !

Vite ! Les joueurs quittaient le terrain et se dirigeaient vers les vestiaires.

— Martha ! Reviens ! ordonna Adriana en s'élançant à ma poursuite.

Elle me rattrapa et me conduisit dans le hall, à l'écart de la buvette, puis me fit asseoir sur l'escalier qui menait à la cafétéria, fermée à cette heure-ci.

— Je vais lui chercher à boire, dit Laura à Adriana.

Elle repartit en courant vers le gymnase tandis qu'Adriana se laissait tomber à mes côtés.

— Ça va mieux ? demanda-t-elle.

— Je... je ne sais pas...

Je fermai les yeux. Je revis les joueurs. Tous avaient le même visage.

— Je crois que je deviens cinglée, murmurai-je.

Lorsque je rouvris les yeux, Adriana tenait une grande pièce argentée entre le pouce et l'index.

— Je vais te montrer un truc pour te relaxer. C'est un exercice que m'a appris le Dr Corben pour calmer l'angoisse.

« Regarde la pièce, murmura-t-elle en l'approchant de mon visage. Suis-la des yeux.

Elle la fit lentement bouger de gauche à droite. La pièce brillait à peine dans la faible lumière du hall.

Elle continua à parler doucement :

— Concentre-toi sur la pièce, Martha... Tu es calme, très calme... Regarde la pièce...

Je ne souhaitais qu'une chose : oublier ces visages tous semblables, et j'obéis sans discuter.

La pièce de monnaie semblait flotter devant moi. Je la suivais lentement. De gauche à droite... de droite à gauche.

— Eh, ça fait bizarre, arrête ! fis-je en lui attrapant le poignet.

— Ne t'affole pas, répondit-elle en m'écartant doucement la main. J'essaie simplement de te calmer par suggestion hypnotique.

Je fronçai les sourcils. La pénombre dissimulait son visage.

— Tu m'hypnotises ?

Elle acquiesça d'un signe de tête. Ses cheveux noirs tombèrent devant ses yeux.

— J'ai l'habitude. C'est très facile.

Elle me remit la pièce devant les yeux, mais je l'écartai.

— Ce n'est pas la peine, je me sens mieux.

Laura nous rejoignit quelques instants plus tard. Elle me tendit un gobelet en carton rempli d'eau tout en me dévisageant avec attention.

— Ça va ?

Je hochai la tête puis avalai une grande gorgée d'eau fraîche.

— Oui, ça va mieux. Je... je ne sais pas ce qui m'a pris...

J'entendis des cris et des éclats de rire à l'autre bout du hall, près du gymnase.

Ce que j'aurais aimé rire, moi aussi, au lieu d'être assise dans l'obscurité à boire de l'eau sous l'œil inquiet de mes amies !

— Qu'est-ce qui t'a fait peur ? demanda Laura.

Je vidai le gobelet d'un trait.

— Je ne sais pas. J'ai encore vu ce visage... Celui que je n'arrête pas de dessiner. C'était horrible ! Les joueurs... Ils avaient tous la même tête.

Je vis Laura et Adriana échanger un coup d'œil.

— Bizarre... marmonna Adriana.

Je poussai un soupir.

— J'en ai assez ! Je veux savoir qui est ce type !

Je me levai d'un bond et secouai Laura par les épaules.

— Dis-moi qui c'est ! hurlai-je.

Adriana m'écarta gentiment de Laura.

— Tu sais bien qu'on ne peut rien te dire.

Laura baissa les yeux.

— J'aimerais tellement pouvoir t'aider, Martha. Mais ton psy...

— On s'en tape, de mon psy ! Je veux savoir qui c'est, un point c'est tout !

— Viens, fit calmement Laura, on te ramène chez toi.

Elles me prirent chacune par un bras. J'avais les jambes en coton et je tremblais comme une feuille.

Nous repassâmes devant le gymnase. Il y avait foule devant la buvette. Des camarades nous interpellèrent au passage mais aucune d'entre nous ne leur répondit.

Je gardais les yeux baissés, terrifiée à l'idée de voir de nouveau le visage de l'inconnu.

Heureusement, après quelques mètres, le hall redevint désert. Nous approchions de la sortie et je sentais l'air se rafraîchir. La sonnerie annonça la reprise du match.

Une envie de pleurer me serrait la gorge.

Quel gâchis ! Moi qui voulais m'amuser, c'était réussi ! Non seulement j'avais fichu en l'air ma soirée mais aussi celle de mes amies.

Je m'apprêtais à leur présenter mes excuses lorsque mon attention fut attirée par deux silhouettes, près des casiers en face. Un garçon et une fille. Cachés dans la pénombre, ils s'enlaçaient. La fille était adossée aux placards métalliques. Penché sur elle, le garçon l'embrassait.

Il dut nous entendre car, lorsque nous arrivâmes à sa hauteur, il se redressa et tourna la tête vers nous.

Lui ! ?

Je ne pouvais pas le croire.

Il était là, devant moi, et j'aurais reconnu son visage entre mille.

— Non ! m'écriai-je. Ce n'est pas possible ! Pas toi !

16

— Martha ! Attends ! cria-t-il.

Il s'écarta vivement de la fille adossée aux casiers pour venir nous rejoindre.

— Aaron... ! murmurai-je d'une voix étranglée.

À cet instant, je la reconnus. La masse de cheveux roux. Le visage rond à la peau claire. Le rouge à lèvres écarlate qui avait débordé à cause des baisers.

Justine !

Justine et Aaron...

— Martha ! Attends ! lança-t-il, la voix haletante comme s'il était essoufflé. Je vais tout t'expliquer...

Étaient-ce les baisers échangés avec Justine qui lui coupaient le souffle, ou bien notre rencontre inattendue ?

Il prit une profonde inspiration.

— Il faut que je te parle.

— Ce n'est pas le moment ! fit sèchement Adriana en le repoussant.

— Martha ne se sent pas bien, ajouta Laura en me serrant le bras.

— Fiche le camp ! jeta Adriana. Toi aussi, Justine. Martha n'a pas envie de vous parler.

Mes amies m'entraînèrent vers la sortie.

Je vis Aaron hausser les épaules, avant de s'en retourner vers le gymnase en compagnie de Justine.

J'aurais été bien incapable de dire ce qu'il éprouvait tant son visage était fermé. De la culpabilité ? De la gêne ? Ou bien se moquait-il éperdument que je l'aie percé à jour ?

Et, subitement, je me retrouvai dehors, dans la nuit noire.

La nuit la plus sinistre que j'eusse jamais connue.

J'avais l'impression de m'enfoncer dans des ténèbres glaciales. Tout ça, parce que j'avais cru en Aaron ! Comme une imbécile, je m'étais imaginé que je comptais pour lui.

Aaron et Justine...

C'était trop injuste ! Pourquoi eux ?

Je me sentais trahie. J'avais l'impression de devenir folle.

Quelle nuit atroce !

Aaron et Justine...

Quand je pense qu'ils s'embrassaient dans le hall du lycée. Et moi, pauvre idiote, qui leur faisais confiance !

Qui croire à présent ?

Tiens, j'étais seule ! Laura et Adriana étaient parties. J'étais de retour dans ma chambre. De retour dans la lumière.

Je fixai des yeux le halo blanc de ma lampe de travail. Assise à mon bureau, je dessinai. Toujours le même visage, évidemment. La lumière blanche me réchauffait, me calmait.

Terminées, les ténèbres ! me jurai-je. Vive la lumière ! Je voulais m'y baigner, y nager, y vivre. Et dessiner... encore et encore.

Tout à coup, le portrait se mit à prendre vie.

Des images se précisèrent dans mon esprit. Comme si une nouvelle scène de ce mois de novembre enfoui dans ma mémoire s'apprêtait à resurgir.

Je fixai la lumière blanche et chaude, tendue à craquer. Je brûlais d'impatience, de peur aussi, dans l'attente de ce que j'allais découvrir cette fois...

Allais-je enfin connaître la vérité ?

17

— Arrête de me serrer ! m'exclamai-je.

Il eut un sourire ironique. Il était si près que je sentais l'odeur de chocolat qui parfumait son haleine.

— Allez, avoue que tu aimes ça ! insista-t-il.

— Certainement pas ! Écarte-toi, s'il te plaît !

Ma réaction l'amusa.

Il avait passé un bras autour de mes épaules et m'attira à lui. Puis il baissa la tête et m'embrassa brutalement.

Je tentai de m'écarter mais ses bras me retenaient prisonnière. Je pouvais à peine respirer.

De l'autre côté de la cloison, il y avait mes amis. J'entendais le feu crépiter dans la cheminée et je reconnus le rire suraigu de Justine.

Je n'y comprenais rien. Qu'est-ce que je fichais dans cette pièce obscure avec ce type au lieu d'être avec eux ?

Et puis, où était passé Aaron ?

Pourquoi n'était-ce pas lui qui m'embrassait ?

Il devait être à côté. Je tendis l'oreille, essayant de reconnaître sa voix. Mais ce fut celle d'Ivan qui me parvint.

— Faut remettre une bûche, disait-il, sinon ça va s'éteindre !

— Tu n'as qu'à le faire, au lieu de donner des ordres ! répliqua Adriana.

Je voulais me lever, aller les rejoindre. Voir le feu brûler dans la cheminée. Être auprès d'Aaron. C'était avec eux que j'aurais dû me trouver !

J'essayai encore de me dégager. Mais impossible.

Il plaqua de nouveau ses lèvres sur les miennes.

Quelle brute ! Il me faisait mal !

— Arrête, Sean !

Sean ?

Il s'appelait Sean ?

Je me rappelais son prénom !

Du calme ! Je connaissais maintenant le nom de l'inconnu, mais cela ne suffisait pas encore. Restait à retrouver la suite.

Yeux rivés sur la lumière blanche de ma lampe de bureau, je me concentrai.

— Bon, je sais que tu t'appelles Sean, mais ça ne me suffit pas, marmonnai-je. Qui es-tu ? Et qu'est-ce que nous fabriquons dans cette pièce, à l'écart des autres ?

Je plissai les yeux, m'efforçant de retrouver le fil, de me souvenir de la suite.

Tout à coup, je me revis en train de le repousser, violemment.

Furieux, il me bouscula à son tour.

Nous étions tous deux debout à présent. Je sentais dans ma bouche le goût de chocolat que m'avaient laissé ses baisers brutaux.

Puis il y eut des cris. Nous nous disputions... Malgré tous mes efforts, je ne réussis pas à comprendre ce que nous disions.

Je sentais seulement la colère qui m'animait. Plus que de la colère, même, c'était de la rage.

Je le bousculai. Je le giflai.

Oh, le bruit de cette gifle !

Mais pourquoi nous battions-nous ?

Pourquoi ?

Tremblante, j'éteignis la lampe du bureau. J'en avais assez vu pour aujourd'hui.

J'avais le cœur au bord des lèvres. Je frissonnais comme si j'avais la fièvre. Mon corps crispé était trempé de sueur froide.

Toute la scène m'était apparue si clairement que c'en était douloureux. Je ne m'en étais pas simplement souvenue, je l'avais revécue dans ses moindres détails.

Avec un soupir, je repoussai mon fauteuil pour me lever. La lumière rouge de mon répondeur qui clignotait attira mon attention.

J'appuyai sur la touche « lecture », attendis quelques secondes que la cassette se rembobine puis écoutai.

Il y eut des grésillements. À l'arrière-plan, on entendait des éclats de voix, comme dans un restaurant ou un café. Après quelques instants, une voix féminine, un peu éraillée, murmura :

— Tu le dessines sans arrêt parce que tu l'as assassiné !

Je poussai un cri d'horreur et me penchai pour écouter la suite du message.

Mais la communication fut coupée. Et la cassette se rembobina.

J'appuyai une nouvelle fois sur le bouton. Agrippée au rebord de ma table de travail, j'écoutai avec attention.

— Tu le dessines sans arrêt parce que tu l'as assassiné !

— Non !

Je sentis des larmes rouler sur mes joues.

— Laura ? sanglotai-je. Laura ? C'est toi ?

La voix ressemblait un peu à celle de Laura, en plus grave.

Je réécoutai le message une troisième fois, puis une quatrième, puis une cinquième...

— Tu le dessines sans arrêt parce que tu l'as assassiné !

Non ! Non ! C'est impossible ! C'est complètement ridicule !

Laura, pourquoi me dis-tu une chose pareille ?

Pourquoi ? Pourquoi ?

18

— Entrez, je vous en prie, dit le Dr Corben en ouvrant la porte de la salle d'attente.

Sa petite taille me surprit. Elle paraissait toute menue dans son tailleur-pantalon noir. Et sous ses cheveux gris, son visage avait les traits délicats d'une poupée. Impossible de deviner son âge. Elle pouvait aussi bien avoir quarante ans que soixante.

Je la suivis dans un bureau sombre et exigu. Pas un espace qui ne fût recouvert par des piles de livres, d'épais dossiers, des magazines et toutes sortes de papiers.

N'ayant aperçu ni secrétaire ni infirmière, j'en conclus qu'elle travaillait seule dans cet endroit sinistre. Un bocal de bonbons en forme de Snoopy posé sur le bureau me parut totalement incongru dans ce lieu lugubre.

Je sentis mon pouls s'accélérer. Je commençais à regretter d'être venue.

Et si je m'en allais ? Il était encore temps de faire demi-tour.

Allons, un peu de cran ! Et puis, je n'avais plus le choix. Cet horrible message m'avait terrifiée. Je voulais connaître la vérité. Toute la vérité.

Le Dr Corben m'adressa un sourire chaleureux qui me rassura un peu.

— Asseyez-vous, dit-elle en me désignant le fauteuil en bois devant son bureau. Il fait froid, ici, n'est-ce pas ?

— Un petit peu, reconnus-je. Il y a beaucoup de vent dehors.

— Je n'arrête pas de me plaindre auprès du propriétaire pour qu'il remonte le thermostat, soupira-t-elle en s'asseyant dans son fauteuil. (Elle déplaça une pile de dossiers.) J'ai peur que vous n'attrapiez froid. Voulez-vous un gilet ?

Je portais un grand T-shirt à manches longues et un caleçon noirs.

— Non merci, ça va très bien.

Pour la énième fois en quelques secondes, je croisai et décroisai les jambes.

— En quoi puis-je vous aider, Martha ? demanda-t-elle avec un sourire.

— Euh... c'est-à-dire que... je m'intéresse à l'hypnose, et comme c'est votre spécialité... euh... j'ai cru comprendre que vous hypnotisiez les gens ?

Elle ouvrit le tiroir de son bureau et en sortit un grand bloc-notes jaune qu'elle posa devant elle.

— L'hypnose est en effet l'un des outils que j'utilise.

Elle repoussa de la main une mèche grise qui lui tombait sur le front.

— Est-ce qu'on peut retrouver la mémoire grâce à l'hypnose ? demandai-je en m'accrochant aux accoudoirs de mon fauteuil.

Elle hocha légèrement la tête, puis me fixa de ses petits yeux gris-bleu.

— Vous avez des problèmes de mémoire ?

— Euh... c'est-à-dire que... oui. Je n'arrive pas à me souvenir d'un accident qui est arrivé en novembre. Dernièrement, quelques images me sont revenues, mais c'est tout...

Je croisai de nouveau les jambes. J'avais le cœur qui battait la chamade. Je pris mon courage à deux mains et poursuivis :

— Il faut absolument que je sache ce qui s'est passé. Je me suis dit que vous pourriez m'hypnotiser pour m'aider.

Elle effleura les arêtes de son bloc-notes du bout des index.

— Vous souffrez d'amnésie depuis novembre ?

J'acquiesçai silencieusement.

— Vous êtes suivie par un médecin, je suppose ? demanda-t-elle en se penchant en avant.

— Oui, mais...

Elle m'arrêta d'un geste de la main.

— Il vous a donné une lettre ? Vous pouvez me la montrer ?

— Non. Je ne lui ai pas dit que je venais vous voir.

Elle s'appuya au dossier de son fauteuil.

— Je peux lui téléphoner si vous le désirez. Vous comprenez, je ne peux rien entreprendre avant de lui avoir parlé. Ça pourrait être lourd de conséquences sur votre traitement.

— Non, ne l'appelez pas, s'il vous plaît !

Il serait furieux d'apprendre que j'étais venue ici sans lui avoir demandé son avis.

— Qui vous a donné mon adresse, Martha ?

— Adriana, une amie, m'a parlé de vous. Adriana Petrakis.

— Je la connais, en effet, répondit-elle en souriant de nouveau. Elle est venue me voir pour des problèmes d'insomnies, si mes souvenirs sont bons.

— Oui, et vous l'avez aidée. Elle m'a dit que vous lui aviez appris comment s'autohypnotiser et que c'était génial. L'autre soir, elle m'a même hypnotisée quand...

— Quoi !? s'écria-t-elle en se levant presque de son siège. Mais c'est insensé ! Dites-moi ce qu'elle a fait.

— Elle a pris une pièce et elle m'a dit que c'était une suggestion hypnotique pour me calmer. Je pense que ça a marché parce que...

— Elle n'aurait jamais dû faire ça ! C'est extrêmement dangereux. Adriana n'est pas médecin. Elle ne maîtrise pas la technique. C'est de l'inconscience ! Elle n'a aucune idée des risques qu'elle vous fait courir ! Ne la laissez jamais recommencer, vous m'entendez !

— Je suis désolée, marmonnai-je.

Mince ! Je venais de faire une sacrée gaffe. Adriana allait être furieuse.

— Vous savez, ajoutai-je, elle a fait ça simplement pour m'aider. Je crois que ça m'a fait du bien.

Le Dr Corben ne m'écoutait plus.

— Il faut que je lui parle de toute urgence, déclara-t-elle. À ses parents, aussi.

— Mais, et moi ! m'écriai-je d'une voix aiguë. Vous n'allez pas m'hypnotiser ? Comment je vais retrouver la mémoire ?

Elle secoua la tête de droite à gauche et me regarda avec sympathie.

— J'aimerais vous aider, Martha, mais il faut que j'en parle d'abord à votre médecin. Et à vos parents aussi. J'ai besoin de leur permission avant de...

Je n'attendis pas la fin de sa phrase et repoussai si brutalement mon fauteuil que je l'envoyai valdinguer par terre. Je sortis en courant sans même le remettre en place.

Je voulais fuir le petit bureau étouffant, la salle d'attente sombre, l'immeuble hideux.

Des nuages noirs encombraient le ciel. Il faisait un froid humide. J'aspirai avec soulagement une bouffée d'air glacé.

Alors que je me dirigeais vers ma voiture, je remarquai une silhouette qui approchait à grands pas.

— Martha ! Attends !

Je m'immobilisai.

Sean !

Il courait vers moi. Je me sentis défaillir.

Non. Ce n'était pas Sean.

— Aaron ? Qu'est-ce que tu fais là ? balbutiai-je.

Il portait un blouson de cuir ouvert sur une chemise noire en flanelle et ses cheveux bruns étaient en bataille.

Il s'arrêta devant moi, haletant. De la buée s'échappait de sa bouche.

— Il faut que je te parle !

Ma gorge se serra. Pour la millième fois, je le revis dans le hall obscur du lycée, en train d'embrasser Justine. Une de mes meilleures amies.

Aaron et Justine !

Je le considérai avec froideur. C'est alors que je m'aperçus que je n'éprouvais plus les mêmes sentiments à son égard. Bien sûr, il comptait toujours beaucoup pour moi et je l'aimais sans doute encore. Mais je n'avais plus confiance en lui.

— Je veux t'expliquer, dit-il en posant la main sur mon épaule.

Je me dégageai vivement.

— Je t'écoute.

— Justine et moi, on en a assez de se cacher, déclara-t-il en plongeant ses yeux sombres dans les miens. En fait, je suis plutôt soulagé que tu nous aies vus.

— Justine et toi... ?

J'étais incapable de dissimuler le tremblement de ma voix.

— On ne veut pas te faire de mal, Martha. Mais il faut que tu saches que ça fait déjà plusieurs mois que nous sommes ensemble.

— Ah, c'est donc pour ça que nous nous sommes disputées avec Justine au chalet ?...

— Tu t'en souviens ?

— Oui... répondis-je sèchement. Mais je ne comprends pas, Aaron, je croyais que toi et moi...

Je m'interrompis. Finalement, il n'y avait rien à ajouter. Quelle humiliation ! Je sentais la colère m'envahir. Ce qui était peut-être bon signe.

— Désolé, murmura-t-il en baissant la tête. Je sais bien que tu ne t'es pas encore remise de...

— Justement! m'écriai-je, furieuse, en le secouant comme un prunier. J'en ai assez maintenant! Tu vas me faire le plaisir de me dire ce qui est arrivé à Sean!

Aaron se figea. Puis il me saisit les poignets et m'obligea à me tenir tranquille.

— Tu... tu te souviens de Sean? balbutia-t-il, les yeux écarquillés, comme s'il avait peur.

J'acquiesçai d'un bref signe de tête.

Je ne comprenais pas pourquoi il paraissait si effrayé. Il aurait dû se réjouir, au contraire, que je commence à retrouver la mémoire.

— Dis-moi ce qui s'est passé, insistai-je. Je veux savoir, Aaron! Tout de suite!

— Je... je ne peux pas... bégaya-t-il en reculant. C'est trop... affreux!

Stupéfaite, je le fixai, tandis qu'il s'éloignait en courant.

19

Alors que je sortais de cours, le mercredi suivant, et me dirigeais vers mon casier, j'entendis des clameurs à peu de distance.

J'avançai jusqu'à l'angle du couloir et vis deux garçons qui se battaient en plein milieu du hall. Un attroupement s'était formé. Quelques imbéciles y allaient de leurs encouragements.

Il y eut un cri rauque. Un des combattants venait d'être brutalement projeté contre les casiers métalliques. Le bruit résonna par-dessus les vociférations de la foule.

Tandis que je me précipitais, je les vis s'agripper par le col. L'un d'eux frappa d'un violent coup de poing le visage de l'autre.

Il y eut des cris d'effroi. Une flaque de sang maculait le ciment.

C'est alors que je reconnus Ivan.

Il tapait comme un enragé sur un garçon que je n'avais jamais vu.

Du sang lui dégoulinait du menton, tachant sa chemise grise.

— Ivan ! criai-je. Arrête !

Ils avaient roulé à terre, à présent, et se battaient sauvagement en poussant des grognements. Ivan était écarlate, la sueur coulait sur son front. Brusquement, il saisit son adversaire à la gorge et se mit à serrer.

Je me précipitai sur lui et l'attrapai par les épaules, bien décidée à lui faire lâcher prise.

Il avait disjoncté ! Je voyais avec horreur ses mains étreindre convulsivement la gorge de son adversaire.

D'un mouvement sec, il me repoussa.

— Arrête, Ivan ! suppliai-je. Je t'en prie !

Je m'apprêtais à revenir à la charge, lorsque je vis, à mon grand soulagement, des mains le tirer en arrière.

Des ordres claquèrent. Aussitôt, un silence de mort s'abattit sur le hall.

Je me redressai. Tenant Ivan par le col, M. Hernandez, le principal, l'obligea à se relever.

L'autre garçon, toujours étendu par terre, se massait le cou en soufflant comme un phoque. Du sang maculait sa chemise en jean. J'ignorais si c'était le sien ou celui d'Ivan.

Autour de moi, les élèves regardaient la scène, les yeux brillants d'excitation. Deux professeurs aidèrent l'inconnu à se remettre debout. Il poussa un gémissement et cracha un flot de sang épais.

Il y eut un murmure horrifié.

— Tu sais pourquoi ils se bagarraient ? demanda quelqu'un derrière moi.

— Il paraît que c'est Ivan qui a commencé, répondit une fille.

— C'est qui, l'autre ?

— Je ne sais pas mais c'est pas quelqu'un du lycée.

— Et pourquoi ils se battaient ?

— Aucune idée. Oh, regarde, il y en a un qui a perdu une dent !

— Beurk ! C'est dégoûtant.

Je m'éloignai. Je n'avais pas envie d'en entendre davantage.

Pauvre Ivan !

Au bout du couloir, j'aperçus M. Hernandez qui l'emmenait en le tirant par le bras. Ivan gardait la tête baissée, ses longs cheveux noirs masquaient son visage.

On aurait dit un criminel.

Quelle horreur ! Mon ami ! Le frère d'Adriana... traité comme un vulgaire malfaiteur !

— Bon sang, Ivan ! marmonnai-je. Qu'est-ce que tu as dans le crâne !

En rentrant chez moi, je fus accueillie par la sonnerie du téléphone. Je lançai mon sac à dos dans un coin et courus décrocher.

— Allô ? répondis-je, tout en me contorsionnant pour enlever mon manteau.

— Martha ?

C'était Laura.

— Tu es au courant pour Ivan ? enchaîna-t-elle d'une voix surexcitée. Il a été renvoyé du lycée !

— Pas étonnant, rétorquai-je en laissant tomber mon manteau par terre. J'ai vu la bagarre, je peux t'assurer que c'était pas pour rire.

— Pas besoin de me faire un dessin. Je connais Ivan. Il paraît que Hernandez l'a renvoyé pour deux semaines. Ses parents sont convoqués demain.

— Ouh la la ! Je doute qu'ils apprécient...

— Tu sais pourquoi il s'est battu ?

Je changeai le combiné de main et me laissai glisser le long du mur.

— Pas la moindre idée. Ils avaient déjà commencé à s'entre-tuer quand je suis arrivée.

— D'après ce qu'on m'a dit, l'autre type n'est même pas du lycée, il serait de Drake Academy. C'est un des nouveaux copains d'Ivan...

— Tu parles d'un copain ! Ils n'avaient pas vraiment l'air de s'aimer !

Laura poussa un long soupir exaspéré.

— Mais comment j'ai fait pour sortir avec ce type ! Rien que d'y penser, ça me fiche la frousse ! C'est une vraie brute ! Tu ne peux pas savoir comme je suis contente d'avoir rompu.

J'eus comme un éclair. Interloquée, je faillis en laisser tomber le téléphone.

— Laura ! m'écriai-je. Tu as rompu avec Ivan pour aller avec Sean !

Elle poussa une exclamation de surprise. J'attendais qu'elle réponde mais, contrairement à son habitude, elle resta silencieuse.

— Laura ? insistai-je. Tu as entendu ce que j'ai dit ?

Tout me revenait à présent. Les souvenirs jaillissaient de mon esprit, parfaitement clairs.

— Alors, tu te souviens de Sean ? souffla-t-elle finalement.

— C'est cette semaine-là que tu as quitté Ivan, répondis-je en fermant les paupières et en laissant les images m'envahir.

— Oui... je...

— Ça s'est passé quand nous étions aux chalets. Il était furieux. Ils ont même failli se battre, Sean et lui.

— C'est vrai. Mais je ne veux plus en parler.

Sa voix me sembla soudain froide, distante.

— Il le faut pourtant !

— Non ! Non, je ne veux pas... je ne peux pas... Je dois raccrocher maintenant.

— Attends ! C'est toi qui as laissé un message sur mon répondeur, l'autre jour ?

— Il faut que je raccroche.

— Laura ? Réponds !

— Je n'ai pas le temps, murmura-t-elle. On en parlera plus tard, d'accord ? Allez, salut.

Elle coupa la communication, et je restai assise, le combiné à la main, à fixer le mur. Le mur blanc.

Les souvenirs continuaient à affluer.

Je fermai les yeux et me laissai porter par le flot.

Cette fois, rien ne resterait dans les profondeurs de ma mémoire. Tout allait remonter à la surface.

Je me souviendrais de tout : de la joie, de la peine, de l'horreur.

20

Sean se jeta à plat ventre sur la luge d'Ivan.

— Tu me ramènes au chalet ? demanda-t-il avec un sourire moqueur.

— Tu peux toujours courir ! répliqua Ivan en s'arrêtant. Allez, dégage !

Sean éclata de rire et se laissa rouler dans la neige épaisse. Il tassa rapidement une boule de neige qu'il jeta sur Ivan.

— Qu'est-ce que tu dis de ça, terreur ?

Tirant péniblement ma luge, une antiquité en bois, je les observai à quelques pas de là. Après quatre heures à dévaler et à remonter la pente, j'avais les jambes en compote.

Nous étions tous allés faire de la luge : Justine, Adriana, Laura, Aaron, Ivan et Sean.

Sean ne faisait pas encore vraiment partie de la bande. Sans doute parce que ça ne faisait pas longtemps qu'il avait intégré notre groupe.

C'était un ami d'Ivan. Je crois bien qu'il l'avait rencontré au bowling. Il habitait la vieille ville mais n'allait pas au lycée de Shadyside.

Je le trouvais sympa. Craquant, même, avec ses yeux sombres, son air sérieux et la petite cicatrice blanche qui lui partageait le sourcil, seul défaut de ce visage aux traits réguliers.

— Laissez les luges contre le mur, ordonna Adriana.

Durant tout le week-end, c'était elle qui avait dirigé les

opérations. Ses parents lui avaient confié la responsabilité des chalets puisqu'ils n'y venaient plus.

Leurs disputes ne leur en laissaient sans doute pas le temps, songeai-je tristement.

Bien sûr, les chalets appartenaient aussi à Ivan. Mais c'était impossible de compter sur lui. Il préférait de loin s'éclipser avec Laura.

Je posai ma luge à côté des autres, et Aaron m'aida à la mettre en haut de la pile.

— On s'est éclatés, hein ? fit-il avec un sourire.

Je n'eus même pas le temps de répondre qu'il était déjà parti rejoindre Justine et Laura.

— Allez, on va skier, maintenant ! cria quelqu'un.

— Super ! Attention les yeux, voilà les champions !

Les Petrakis avaient de la chance : même si la piste qui descendait juste à côté des chalets était étroite, c'était tout de même un luxe incroyable.

Je jetai un coup d'œil à la ronde. Justine et Adriana avaient ouvert l'abri et en sortaient les skis et les bâtons qu'elles balançaient dans la neige. Ivan et Laura se disputaient copieusement devant le chalet des garçons.

Aaron, lui, avait disparu à l'intérieur. Tout à coup, Ivan et Sean recommencèrent à se bombarder à coups de boules de neige.

Je respirai à fond. L'air, délicieusement frais, sentait bon les aiguilles de pin. Le soleil brillait encore haut dans le ciel bleu sans nuages.

— Allez, venez chercher vos skis ! lança Adriana. On ferait bien de se dépêcher si on veut se faire une petite bouffe en ville ce soir. Il est déjà tard.

Je jetai un coup d'œil à la piste. À première vue, elle ne présentait pas de difficultés. Elle descendait droit entre deux rangées d'immenses sapins et ne paraissait pas trop raide.

Parfait ! Même pour une débutante comme moi, l'exercice ne devrait pas se révéler trop périlleux.

— Qui descend en premier ? demanda Laura en s'écartant d'Ivan qui venait de la rejoindre.

Aaron sortit du chalet et arriva en courant. Il skiait comme un dieu. La descente serait un jeu d'enfant pour lui.

— Il faut y aller chacun à son tour, expliqua Adriana. La piste est trop étroite.

Aaron tira Ivan par le bras.

— J'ai trouvé un volontaire ! s'écria-t-il.

Ivan le repoussa brutalement et cracha avec mépris dans la neige.

— Eh, faut pas t'énerver, mon vieux ! protesta Aaron.

Laura s'était approchée de Justine, et toutes les deux discutaient, l'air préoccupé.

— Alors, qui descend en premier ? demanda de nouveau quelqu'un.

— Martha ! lança Adriana avec un grand sourire en me tendant une paire de skis.

— Pourquoi moi ?

— Parce que tu es notre championne de luge ! déclara-t-elle.

Il y eut quelques hourras.

— Tu as gagné le droit d'ouvrir la piste ! reprit-elle.

— Tu plaisantes ! Je suis tombée de luge au moins trois fois, aujourd'hui ! J'ai même failli déraciner un sapin.

— Moi, je descends après Martha, annonça Sean.

— Tant mieux, comme ça, si je me casse une jambe, tu pourras me récupérer !

Je me penchai pour accrocher mes fixations. J'avais beau faire la fanfaronne, je n'en menais pas large. Je n'avais skié que deux ou trois fois dans ma vie. Le moins qu'on puisse dire, c'est que je manquais d'expérience.

J'étais sûre que j'allais me ridiculiser.

Ça commençait bien, je n'arrivais même pas à accrocher ces maudites fixations ! Je levai les yeux. Adriana et Justine m'observaient.

— Quelqu'un d'autre n'a qu'à partir en premier ! m'écriai-je en rougissant. J'ai un petit problème de fixations.

— O.K. ! J'y vais ! s'écria Sean.

Je parvins non sans mal à les attacher et me redressai juste à temps pour le voir se mettre en position.

En glissant maladroitement sur la neige craquante, je m'approchai du bord.

Sean prit appui sur ses deux bâtons et démarra comme une flèche.

La pente était plus abrupte que je ne l'avais imaginé. Il se courba pour prendre de la vitesse. Ses skis décollèrent soudain sur une bosse. Ce qui ne l'empêcha pas de continuer à la même allure.

C'est alors que je vis le fil d'argent.

Une ligne argentée coupait la piste en contrebas. Si mince qu'on n'apercevait qu'un simple scintillement sur la neige blanche.

Chatoyant sous le soleil de fin d'après-midi, le fil coupait la piste juste devant Sean.

Qu'est-ce que c'était que ce truc ?

On aurait dit que quelqu'un avait tracé une ligne parfaitement droite avec un stylo à encre argentée entre les deux rangées de sapins qui bordaient la piste.

Il me fallut un long moment avant de réaliser que c'était un fil de fer.

Et plus de temps encore pour me dire que s'il était là, c'était parce que quelqu'un l'avait tendu en travers de la piste !

Quand enfin je compris, il était trop tard. Trop tard pour avertir Sean. Trop tard pour agir.

La seconde d'après, Sean l'atteignit.

Le fil le prit à la gorge.

Le sang gicla de part et d'autre de la ligne argentée.

Je regardais la scène, parfaitement immobile. Sans y croire.

D'ailleurs, pas un de nous ne bougeait. Et ce fut dans le silence le plus total que le fil d'argent trancha la tête de Sean.

Son corps continua à skier pendant quelques mètres avant de s'effondrer. Sa tête rebondit sur la piste, yeux fixés sur nous, maculant la neige d'une flaque rouge écarlate.

21

Voilà, j'avais retrouvé la mémoire. Il n'y avait plus de zone d'ombre, à présent.

Assise à mon bureau, sur lequel j'avais étalé les portraits de Sean, je regardais son visage sérieux.

L'image de sa tête coupée revint me hanter. Je la vis de nouveau reposant sur la neige blanche immaculée, ses yeux sombres nous fixant avec reproche.

Je tremblais de tous mes membres et serrai les bras contre ma poitrine pour tenter de me réchauffer.

Mais rien n'y fit. J'étais glacée. Je claquais des dents. J'avais froid, tellement froid... Et la peur me nouait le ventre.

Je me trouvais de nouveau au bord de la piste. Je contemplais avec effroi le mince fil d'argent qui la traversait.

J'étais impuissante. Totalement impuissante et terrifiée.

Je me souvenais de la scène avec une telle acuité que c'en était insupportable.

Les larmes mouillaient mes joues. Je ne m'étais même pas aperçue que je pleurais.

Je m'essuyai le visage et recommençai à sangloter de plus belle. Les yeux me brûlaient. Je hoquetais à en perdre le souffle.

Pauvre Sean ! Quelle horreur !

Brusquement, un détail me revint à l'esprit.

La dispute !

Sean et moi, nous nous étions battus comme des chiffonniers... Et il était mort.

La veille de l'accident, nous nous étions disputés. Et le lendemain, Sean mourait...

Les policiers étaient venus. Je me rappelais le violent contraste entre le bleu foncé de leur uniforme et la neige blanche.

Je me rappelais leurs visages graves, rougis par le froid... Leurs yeux sévères qui me jaugeaient.

Je me rappelais leurs questions. Leurs questions qui n'en finissaient pas.

Des heures durant, ils nous avaient interrogés...

Mais après, que s'était-il passé ?

Mystère ! C'était toujours le trou noir.

Aucune importance, ce dont je me souvenais suffisait amplement !

Aaron avait bien raison : parfois l'oubli est préférable...

Oh, comme j'avais froid ! Je grelottais tout en me frottant énergiquement les bras.

Soudain, le téléphone sonna.

Je décrochai aussitôt.

C'était Adriana.

— J'ai retrouvé la mémoire ! hurlai-je. Tout vient de me revenir... juste à l'instant !

— Oh, ma pauvre ! murmura-t-elle. Comment te sens-tu ? C'était atroce...

— Oui...

J'aurais aimé en dire plus, mais l'angoisse me serrait la gorge.

— Tu ne peux pas imaginer, reprit-elle à voix basse. Ça a été terrible... pour nous tous. Depuis ce jour, on...

— Adriana ! Le fil de fer ! Tu crois qu'il a été mis exprès ? Que quelqu'un avait prémédité d'assassiner l'un d'entre nous ?

Il y eut un instant de silence.

— On ne sait pas, Martha.
— Mais... et la police!? Les flics ont bien dû découvrir quelque chose!
Adriana soupira.
— Ça leur a pris une éternité pour venir. Et quand ils sont arrivés, on était tous dans un état, je ne te dis pas... Ivan avait complètement disjoncté. Quant à Laura, le toubib a dû lui faire une piqûre pour la calmer.
— Mais les policiers ont...
— Ils nous ont interrogés. Ils ont tout inspecté. Ils ont enlevé le fil de fer et l'ont emmené pour l'expertiser. Mais on ne sait toujours pas qui l'a posé, ni pourquoi...
Les larmes coulaient sur mes joues. Je n'essayai même pas de les essuyer. J'écoutais Adriana, m'efforçant de comprendre ce qu'elle me disait.
Tout à coup, elle se mit à sangloter.
— C'était... tellement... atroce... un vrai cauchemar...
Elle s'interrompit, essayant de retrouver son souffle.
— Jamais je n'oublierai, continua-t-elle d'une voix tremblante. Depuis, je n'ai pas dormi. Il ne se passe pas une nuit sans que je revive ce drame...
— Adriana...
— Je n'arrive plus à me concentrer... Pendant les cours, je ne comprends rien. Je n'arrive pas à faire mes devoirs. Mes notes sont catastrophiques. Je ne peux plus réfléchir... Je...
Brusquement, une pensée terrifiante me glaça le sang.
— Adriana? Tu ne crois tout de même pas que l'un d'entre nous a voulu assassiner Sean!
— Qui d'autre, sinon? hurla-t-elle. Il n'y avait personne à part nous. Personne, tu m'entends! Tu peux me dire qui aurait pu installer le fil de fer à part l'un d'entre nous?
Je revis le fil d'argent scintiller en travers de la piste.
Et je réalisai avec horreur qu'elle avait raison.

Qui d'autre que l'un de nous aurait pu tendre le fil? Nous étions seuls là-haut. Seuls...

— J'arrive! lança-t-elle brusquement d'une voix mal assurée. Si tu savais le souci que je me suis fait pour toi! Ça a dû être terrible... D'abord, tu perds la mémoire et en plus, tu te mets à dessiner le visage de Sean sans savoir pourquoi!

— Oui, murmurai-je. Je n'y comprenais rien. Ça m'a pris un temps fou pour y voir clair, pour me souvenir...

Une question me tourmentait pourtant.

Pourquoi était-ce moi qui avais perdu la mémoire et personne d'autre?

Pourquoi est-ce que j'avais été aussi affectée par la mort de Sean? En tout cas plus que mes amis, apparemment.

Était-ce à cause de notre bagarre, la veille de sa mort? Est-ce que je me sentais coupable parce que je m'étais disputée avec lui sa dernière nuit sur terre?

Malheureusement, je ne connaissais pas la réponse.

Peut-être que quelqu'un saurait m'éclairer... Adriana accepterait sûrement de m'aider.

— Oh, oui, s'il te plaît, viens! suppliai-je. Viens tout de suite!

— J'arrive, répondit-elle doucement.

Elle raccrocha.

Je reposai lentement le combiné. Dans mon esprit, les pensées se bousculaient.

Il n'y avait pas de meurtre sans mobile...

Qui aurait pu souhaiter la mort de Sean?

Ivan? Non. Sean était son ami. Sans lui, nous n'aurions jamais connu Sean.

Aaron? Laura? Justine?

Non, bien sûr que non, songeai-je en me levant. Tout le monde aimait bien Sean.

J'allai ouvrir la porte de ma penderie. Je voulais me changer avant l'arrivée d'Adriana.

Je pris un jean délavé sur l'étagère du fond.

J'étais soulagée qu'Adriana vienne me voir. Avec un peu de chance, nous pourrions discuter à cœur ouvert. Ça nous ferait du bien à toutes les deux. Du moins je l'espérais.

Pauvre Adriana ! Elle en bavait drôlement, elle aussi... Entre ses parents qui passaient leur temps à se balancer la vaisselle à la figure et son frère qui semblait bien décidé à ficher sa vie en l'air...

Dehors, une portière claqua.

Je tressaillis et lâchai mon jean.

En me baissant pour le ramasser, j'aperçus un sac de voyage en cuir brun tout au fond du placard.

— Oh ! m'écriai-je en le reconnaissant.

C'était le sac que j'avais pris pour le week-end à la montagne. Le sac dans lequel j'avais mis toutes mes affaires en novembre dernier.

Ce n'était pas sa place. Qu'est-ce qu'il fabriquait là ?

Je le tirai du placard, puis l'ouvris d'une main hésitante.

Il était plein ! Je dépliai les pulls froissés, les jeans roulés en boule.

Ainsi, je ne l'avais même pas vidé à mon retour !

Pas vraiment surprenant, vu l'état dans lequel je devais être ! J'avais dû le fourrer au fond de mon placard et l'oublier.

Je retrouvai ma trousse de maquillage et mon vieux sèche-cheveux.

Et soudain, je le vis !

Je réprimai un hurlement.

Tout au fond, dissimulé dans un coin, reposait une bobine de fil de fer.

Le fil d'argent... Soigneusement rangé à côté d'une pince coupante.

Était-ce le fil qui avait tué Sean ?

Incapable de bouger, je gardai les yeux fixés sur la bobine.

Un déclic se fit brusquement dans ma tête.
Et soudain, je sus.
Je sus qui avait assassiné Sean.
Moi, évidemment !
C'était moi.
Tu le dessines sans arrêt parce que tu l'as assassiné.

22

J'entendis le bruit de la porte d'entrée, puis la voix de ma mère qui parlait à Adriana. Mais je ne bougeai pas, incapable de quitter le fil de fer des yeux.

Dans ma tête, couvrant les battements affolés de mon cœur et ma respiration hachée, tournait inlassablement un seul mot :

Pourquoi ? Pourquoi ? Pourquoi ?

Pourquoi avais-je tué Sean ?

Je fermai les yeux. Il fallait absolument que je me souvienne.

Pour quelle raison nous étions-nous disputés ?

Je n'en avais pas la moindre idée.

Je me rappelais l'avoir bousculé. Il voulait continuer à m'embrasser et moi, je ne voulais pas. J'avais dû le repousser. Violemment...

Mais je ne me souvenais pas de ce qui s'était passé ensuite.

— Pourtant, ça tombe sous le sens, marmonnai-je d'une voix sinistre.

J'étais la seule à avoir perdu la mémoire, et chaque fois que je voulais dessiner, je faisais le portrait de Sean.

À cause de ma culpabilité, bien sûr. Mon inconscient savait bien, lui, que j'avais assassiné Sean.

— Non !

J'avais la nausée. La tête me tournait. Une sueur froide m'inondait le dos.

Je reconnus le pas d'Adriana dans l'escalier.

Mon Dieu, et les autres ? me demandai-je, terrifiée. Étaient-ils au courant ? Mes amis se doutaient-ils que c'était moi qui avais assassiné Sean ?

Comment auraient-ils pu l'ignorer ?

Je comprenais mieux à présent leur conduite bizarre à mon égard, leur sollicitude inquiète. Ils me protégeaient.

Était-ce pour ça qu'Aaron m'avait quittée ?

Il savait. Ils savaient tous que j'étais une meurtrière.

Mais pourquoi l'avais-je tué ?

— Martha ! s'écria Adriana en entrant en trombe dans ma chambre.

Elle voulut me prendre dans ses bras, mais je m'écartai.

— Je sais tout ! murmurai-je avant d'éclater en sanglots

— Qu'est-ce que tu racontes ? fit-elle, en me serrant contre elle.

Cette fois, je la laissai.

— Chut... ça va aller, ne t'en fais pas.

— Non ! criai-je en me dégageant.

Je m'essuyai les joues du revers de la main.

— Je te dis que je sais tout !

Elle repoussa des deux mains ses cheveux et me fixa de ses immenses yeux sombres. Elle avait l'air totalement abasourdie.

Elle n'est pas au courant ! réalisai-je tout à coup.

— Regarde !

Je me jetai à genoux près du sac de voyage et l'ouvris grand pour qu'elle puisse voir.

— Oh, non ! murmura-t-elle en se passant fébrilement la main dans les cheveux.

— C'est le fil de fer. Enfin, ce qu'il en reste. Et la pince coupante.

— Mais qu'est-ce...

— C'est moi qui ai assassiné Sean, Adriana ! déclarai-je d'une voix blanche que je ne reconnus pas. En voilà la preuve.

— Mais pourquoi ?

— Je ne sais pas. Je ne m'en souviens pas. Mais en tout cas, la preuve est là... Je l'ai tué et j'ai caché le reste du fil de fer dans mon sac de voyage.

Adriana ferma les paupières et se mit à trembler.

— Que vas-tu faire ? demanda-t-elle.

— Le dire à mes parents... Je suppose qu'ils vont prévenir la police.

À ces mots, elle tressaillit puis se laissa tomber sur mon lit avec un gémissement.

— Mais pourquoi l'as-tu tué, Martha ?

— Si seulement je le savais ! répondis-je, en m'efforçant de refouler mes larmes.

— Je me souviens que... la veille, Sean et toi, vous vous êtes bagarrés. Vous étiez dans la pièce du fond. Je vous ai vus par hasard. Tu ne te rappelles pas pourquoi vous vous disputiez ?

— Aucune idée ! Je sais qu'il m'a embrassée... Ou que moi, je l'ai embrassé. Et après, on s'est bagarrés, et puis...

Je poussai un soupir de désespoir.

— Je ne me souviens pas, Adriana. Je sais seulement que je suis une meurtrière.

— Sûrement pas ! lança une voix masculine.

Je fis un brusque demi-tour. Ivan se tenait sur le seuil de la chambre. Ses cheveux noirs étaient ébouriffés, ses yeux injectés de sang.

— Ivan ! s'écria Adriana en se levant d'un bond. Qu'est-ce que tu fiches là ? Comment es-tu venu ?

— Je t'ai suivie. Les parents de Martha m'ont fait entrer avant de partir.

— Mais, qu'est-ce que tu veux ? Martha et moi, nous avons à discuter. On n'a pas besoin de toi...

Il écarta d'un geste impatient les protestations de sa sœur et se tourna vers moi. Il me regardait avec une intensité qui m'effraya.

Il paraissait hors de lui, comme s'il avait bu.

— J'ai tout entendu, Martha. Tu te trompes, ce n'est pas toi la meurtrière.

— Quoi ! Qu'est-ce que tu racontes ? Pourquoi dis-tu ça ?

Il respirait bruyamment. Sa poitrine se soulevait et s'abaissait rapidement. Malgré le froid, son front était couvert de sueur.

— Tu es innocente, Martha. C'est moi qui ai assassiné Sean.

23

— Tu es complètement dingue !

Comme une furie, Adriana se précipita sur son frère. Elle le secoua violemment par les épaules.

— Pourquoi tu dis ça ? cria-t-elle. Hein, pourquoi ?

Ivan la repoussa d'une bourrade qui l'envoya heurter la coiffeuse.

— Tu n'es pas un assassin ! hurla-t-elle.

— Je te dis que c'est moi qui l'ai tué, répondit-il d'une voix blanche. Je ne peux plus me taire. Je ne veux pas que Martha s'imagine qu'elle est coupable.

Livide, Adriana ouvrit la bouche pour protester, mais elle se ravisa et resta silencieuse.

Ivan s'assit sur le bord de mon bureau et se mit à caresser d'un geste nerveux son petit bouc noir. Il releva les yeux sur moi.

— Je ne pouvais tout de même pas te laisser t'accuser à ma place, fit-il avec un sourire triste.

— Je... je... bégayai-je, ne sachant quoi répondre.

Je jetai un coup d'œil au sac de voyage qui venait de dévoiler son terrifiant secret.

En l'espace de quelques minutes, nos destins venaient de basculer pour toujours.

— Pourquoi as-tu tué Sean ? demandai-je à Ivan d'une voix étrangement calme.

— Il avait découvert que j'avais piqué une voiture, expliqua-t-il. J'ai eu un accident. Je me suis enfui, mais on ne m'a pas retrouvé.

— Oh, non, ce n'est pas vrai ! murmura Adriana, atterrée.

Elle se laissa tomber à genoux.

— Je n'aurais jamais dû me confier à Sean, continua Ivan. J'ai cru que c'était mon ami. J'avais besoin d'en parler... J'étais mort de trouille... J'aurais mieux fait de me taire.

Il baissa la tête. Ses cheveux noirs retombèrent devant son visage.

— Que s'est-il passé ? demandai-je doucement.

Il prit une profonde inspiration.

— Il m'a fait du chantage. Il m'a dit que si je ne lui donnais pas d'argent, il me balancerait aux flics.

— Et tu l'as cru ? interrogea Adriana.

Ivan acquiesça d'un hochement de tête.

— Je n'avais pas le choix ! Si on avait su que c'était moi qui avais piqué la voiture, j'étais foutu. Alors, je lui ai donné son fric. Seulement...

Il s'interrompit et se frotta les yeux.

— Seulement ? répétai-je.

— Sean est devenu de plus en plus gourmand. Il s'est mis à exiger de plus grosses sommes...

Sa voix se brisa. Il prit une profonde inspiration puis continua son récit :

— Pour pouvoir le payer, il a fallu que je commence à voler. C'est là que j'ai compris que ça n'aurait jamais de fin. Il fallait l'arrêter...

Agenouillée sur le parquet, Adriana poussa un soupir de dégoût.

— Tu as essayé de lui parler, au moins ? demandai-je.

— Bien entendu. La dernière fois, c'était juste avant qu'on parte en week-end au chalet. Je lui ai dit que je ne pouvais plus lui donner d'argent.

— Et comment a-t-il réagi ?

Un sourire amer se dessina sur son visage grave.

— Il a éclaté de rire et m'a affirmé que je continuerais à le payer. À moins que je ne veuille que mon père soit mis au courant. Ça m'a complètement paniqué...

— Ivan... commença Adriana.

Il la fit taire d'un geste irrité et poursuivit sans me quitter du regard :

— L'idée m'est venue après avoir trouvé une bobine de fil de fer au fond du placard de l'entrée... J'ai attendu que tout le monde dorme, je suis sorti en douce et je suis allé attacher le fil aux arbres.

Il marqua une brève pause.

— Je savais que Sean descendrait d'abord. Il fallait toujours qu'il soit le premier partout...

Il secoua tristement la tête.

— Ce que j'ai pu être naïf ! Si seulement je m'étais douté... Tout le monde l'adorait, le trouvait super génial. Moi, je l'admirais. Je voulais même lui ressembler... Jusqu'au jour où j'ai découvert ce qui se cachait derrière son sourire charmeur. Trop tard, malheureusement.

— Et tu as décidé de le tuer ? demandai-je.

— Non ! Bien sûr que non ! J'avais attaché le fil de fer au ras du sol. À hauteur de cheville. Je voulais juste l'assommer, lui donner une leçon, c'est tout.

Il poussa un soupir tremblant.

— Je ne savais plus où j'en étais... J'avais perdu la tête. J'étais complètement paniqué. Je crevais de frousse. J'étais persuadé qu'il allait me dénoncer, qu'il allait foutre ma vie en l'air !

Il se laissa glisser du bureau et marcha jusqu'à la fenêtre. Le front contre la vitre, il contempla la nuit sombre et glacée.

— Je voulais simplement lui donner une leçon, répéta-t-il d'une voix sans timbre. Lui fiche la trouille, pas le tuer. Je ne comprends pas ce qui s'est passé... Le vent a dû balayer la neige pendant la nuit, et le fil s'est retrouvé beaucoup plus haut que prévu.

Il réprima un sanglot.

— Quand je me suis aperçu que le fil avait bougé, il était trop tard... Il y avait du sang partout...

Adriana se releva brusquement. Elle avait les yeux rouges, une expression d'intense mépris déformait son visage.

— J'appelle la police, murmura Ivan en se dirigeant vers le téléphone posé sur mon bureau.

— Attends ! cria-t-elle en lui bloquant le passage. Écoute-moi...

— Je n'en peux plus de me taire, Martha, dit-il en me fixant de ses grands yeux tristes. J'appelle les flics. C'est ce que j'aurais dû faire depuis longtemps.

Il décrocha le combiné.

Adriana le lui arracha des mains.

— Espèce d'idiot ! hurla-t-elle. Arrête !

Ivan voulut le reprendre, mais elle s'écarta, hors de sa portée.

— Donne-moi ce téléphone, tout de suite !

— Ne joue pas les grands cœurs, Ivan ! s'écria-t-elle d'un ton railleur. Tu sais très bien que ce n'est pas toi qui as tué Sean...

Tremblante de rage, elle pointa un index accusateur dans ma direction.

— C'est elle qui l'a assassiné ! Tu le sais parfaitement ! C'est elle la coupable !

24

J'avais l'impression qu'Adriana venait de m'enfoncer un poignard dans le cœur.

Pourquoi m'accusait-elle ainsi ?

Connaissait-elle la vérité? Avait-elle la preuve de ma culpabilité ?

Mais en ce cas, que signifiaient les aveux d'Ivan? Pourquoi s'accuserait-il d'un meurtre qu'il n'aurait pas commis ?

Ivan se précipita sur sa sœur pour tenter de lui arracher le téléphone des mains.

Elle s'écarta d'un bond.

— Idiot ! hurla-t-elle. Tu fous tout en l'air !

Hébétée, je les regardais se disputer. Que voulait-elle dire ?

— Tu ne pouvais pas la fermer, pour une fois ? s'écria-t-elle en repoussant violemment Ivan. T'es trop nul ! Quand je pense que j'ai fait tout ça pour rien...

Elle s'interrompit brusquement, réalisant sans doute qu'elle en avait trop dit.

Elle avait les cheveux en bataille, les joues en feu et me dévisageait avec haine.

Paralysée de stupeur, je vis Ivan la saisir par les épaules. Le téléphone tomba sur le parquet avec un grand bruit.

— De quoi tu parles ? s'exclama-t-il. Explique-toi !

— Ivan... ne gâche pas tout ! protesta Adriana.

Il la cloua contre le mur en lui immobilisant les poignets le long du corps.

— Je t'écoute !

Elle se débattit encore quelques instants, puis cessa de résister et se tint tranquille.

— Je t'en prie, implora-t-elle. Je t'en prie...

Tout à coup, elle se mit à hurler en se débattant de plus belle.

— Mon plan était parfait ! Il a fallu que tu viennes t'en mêler. Et cette idiote a tout gâché !

— Qu'est-ce que tu racontes ? s'écria-t-il en la plaquant de nouveau contre le mur. Tu veux dire que ce n'est pas moi qui l'ai tué ?

Elle se mit à gémir en secouant la tête de droite à gauche. Puis elle posa sur moi des yeux emplis de dégoût.

— Ce n'est pas Sean qui aurait dû mourir, c'est elle ! explosa-t-elle en me désignant du menton. Tu entends, Martha ? C'est toi qui devais mourir ! Toi !

25

— Adriana ! Non... ce n'est pas vrai ! balbutiai-je, atterrée.

Elle me fixait, une lueur de haine au fond de ses yeux sombres.

— Espèce de maladroite ! cria-t-elle d'une horrible voix éraillée. Pourquoi as-tu mis si longtemps à boucler tes fixations ? Hein, tu peux me dire pourquoi ?

— Euh... je... je n'en sais rien.

Que voulait-elle donc que je lui réponde ?

— C'est toi qui aurais dû descendre la première ! Le fil de fer, c'était pour toi !

— Quoi ! ! !

— Parfaitement, déclara-t-elle en me toisant avec mépris. C'était pour toi, Martha. Quand je l'ai vu, tendu au ras de la piste, ça m'a donné l'idée... Alors, je l'ai remonté pour toi, Martha ! Pour toi !

Sa voix se brisa dans un sanglot. Elle se mit à gémir en se serrant les bras contre la poitrine. Puis elle se balança d'avant en arrière tout en psalmodiant :

— Pas pour Sean. Pas pour Sean. Pas pour Sean...

Ivan, poings serrés, contemplait sa sœur avec effroi.

— Et moi qui croyais que j'étais coupable, murmura-t-il d'une voix blanche. Quand je pense que pendant tout ce temps, j'étais persuadé de l'avoir tué !

J'avais la tête qui tournait. Je me sentais au bord de l'évanouissement. Les paroles cruelles d'Adriana vibraient, obsédantes, contre les parois de mon crâne. Je me massai les tempes, luttant pour ne pas m'effondrer.

— Mais pourquoi ? parvins-je finalement à articuler. Je ne comprends pas, Adriana... Je croyais que nous étions amies. Pourquoi... pourquoi voulais-tu me tuer ?

Elle me fusilla de ses yeux noirs.

— À cause de Sean !

— À cause de Sean ?

— Il était à moi ! C'est moi qui l'ai rencontré la première. Sean et moi... c'était différent. Un lien très fort nous unissait.

— Mais... commençai-je.

— Il ne le savait pas, lui, continua-t-elle, les yeux dans le vague. Enfin, je ne crois pas. Mais moi, j'ai tout de suite senti ce lien extraordinaire...

Elle s'interrompit un bref instant, et un sourire de dédain enlaidit son visage.

— Il se moquait bien de Laura ! C'était elle qui croyait qu'il avait un faible pour elle. D'ailleurs, cette idiote s'imagine que tous les garçons sont amoureux d'elle ! Comme si Sean ne savait pas qu'on était faits l'un pour l'autre !

Elle avait hurlé ces derniers mots. Instinctivement, je m'écartai.

Elle est folle à lier ! réalisai-je.

Pauvre Adriana. Elle avait complètement perdu la tête... Je comprenais mieux à présent le stress des derniers mois, les insomnies, son incapacité à se concentrer au lycée.

Mais de là à imaginer qu'elle... Jamais de la vie...

— Ne me regarde pas comme ça ! s'écria-t-elle. Arrête, ou je te casse la tête !

Ivan, mâchoires crispées, s'avança, prêt à retenir sa sœur. Il était blême.

— Je ne comprends pas, murmurai-je. Qu'est-ce que je t'ai fait, Adriana ? Pourquoi tu m'en veux autant ?

— Je t'ai vue l'embrasser !

Sa poitrine se soulevait rapidement. Elle haletait comme si elle était à bout de souffle.

— C'est ridicule. Tu ne crois tout de même pas que...

— Ne mens pas ! Je vous ai vus dans la pièce du fond ! Tu l'embrassais ! C'est à ce moment-là que j'ai compris qu'il fallait que je te tue. Je n'avais pas le choix... Tu avais Aaron, une famille sympa, des parents qui ne se bagarrent jamais, tu as tout ce que tu désires, et en plus, il t'aurait fallu Sean !

Elle se mit à hurler.

— Tu ne pouvais pas te retenir ? En laisser un peu pour les autres ?

C'était donc ça ! Un lamentable quiproquo...

— Je n'ai jamais voulu embrasser Sean, répliquai-je. C'est lui qui m'a obligée à le suivre dans la pièce du fond, soi-disant pour me parler. Il m'a embrassée de force. Moi, je l'ai repoussé.

— Menteuse !

— Je t'assure que c'est vrai.

Elle esquissa un sourire méprisant.

— Je t'ai vue de mes propres yeux, Martha. Tu ne voulais pas qu'Aaron soit contrarié, alors tu as fait semblant de te disputer avec Sean. Il te fallait les deux, c'est ça ?

— Ne sois pas ridicule ! Tu sais très bien que ce n'est pas vrai !

Je ne crois pas qu'elle m'entendait. Elle me fixait avec un rictus étrange, effrayant.

— C'est à cause de toi qu'il est mort, jeta-t-elle. Lorsque je l'ai vu s'élancer sur la piste, j'ai eu envie de hurler. J'aurais voulu l'arrêter, mais il était trop tard. Il était déjà parti... Sean... le seul garçon que j'aie jamais aimé... Il est mort. Par ta faute.

— Adriana... intervint Ivan en s'avançant vers sa sœur.

Mais elle s'écarta.

— Quand tu as perdu la mémoire, continua-t-elle, j'ai compris que c'était l'occasion rêvée pour me couvrir.

— Qu'est-ce que tu veux dire ?

— J'ai acheté une bobine de fil de fer que j'ai cachée dans ton sac de voyage. Et puis je t'ai hypnotisée...

— Tu as fait quoi ! ! ! ?

Du coin de l'œil, je vis l'expression accablée d'Ivan.

— Mme Corben s'est révélée un excellent professeur, continua-t-elle sans se départir de son sourire hideux. Et moi, une élève remarquable. Quelques suggestions hypnotiques ont suffi pour bloquer ta mémoire. Je voulais que tu oublies ce qui s'était passé.

— C'est monstrueux ! murmurai-je en pressant une main sur mes lèvres. C'est donc toi qui as laissé ce message affreux sur mon répondeur ?

— Je voulais que tu te sentes coupable. Qu'au plus profond de toi, tu sois persuadée d'être la meurtrière.

Son étrange sourire s'évanouit peu à peu.

— Malheureusement, poursuivit-elle en baissant les yeux, les souvenirs ont commencé à resurgir, et puis tu t'es mise à dessiner Sean sans arrêt. Ton inconscient, sans doute, guidait ta main...

Elle me jeta un regard de profond mépris.

— J'ai tout de même continué mes petites séances d'hypnose pour tenter de repousser les souvenirs, mais...

Elle laissa échapper un cri de colère mêlée de chagrin.

— Sean est mort par ta faute ! Tu ne croyais tout de même pas que j'allais te laisser mener ta petite vie tranquille, comme si de rien n'était !

Tout à coup, elle plongea vers le sac et se saisit de la bobine de fil de fer.

Ivan se précipita pour la ceinturer.

Vive comme l'éclair, elle fit volte-face. Son genou levé le cueillit juste à l'aine.

Il poussa un grognement. Sous le choc, ses pupilles se dilatèrent et il s'écroula en gémissant.

« Arrête, Adriana ! » voulus-je crier, mais ma voix resta bloquée dans ma gorge. Je ne parvins à émettre qu'un ridicule gargouillis.

Je courus vers la porte.

Trop tard !

Elle me rattrapa avant même que je ne pose la main sur la poignée et me fit brutalement pivoter. Son regard implacable brillait de haine.

Je n'eus pas le temps d'ouvrir la bouche pour appeler à l'aide, que le fil de fer m'enserrait déjà la gorge.

Je le sentis s'enfoncer dans ma chair.

Je suffoquais.

Je ne pouvais plus respirer...

26

Adriana serrait de plus en plus fort.

Je tentai de la repousser. En vain. Mes forces m'abandonnaient. Je sentais mon énergie se diluer, la vie me quitter.

Dans un dernier sursaut, je lui envoyai un coup de pied dans le tibia. Surprise, elle tituba. Nous nous cognâmes toutes deux violemment contre mon bureau. Des papiers volèrent.

Je voulus en profiter pour me libérer, mais je n'y parvins pas.

Où était passé Ivan ? Je l'aperçus, toujours recroquevillé par terre... Mon unique chance de salut.

Un dernier souffle s'échappa de mes poumons.

C'était la fin.

J'avais peur. J'étais sans force. Je suffoquais.

Mes yeux se fermèrent.

Tout devint blanc. D'un blanc pur, étincelant.

J'entendis un étrange gémissement.

Le râle de quelqu'un qui va mourir.

Non !

Je respirais de nouveau librement !

Avec avidité, j'aspirai de grandes goulées d'air.

Le fil de fer s'était distendu. Suffisamment en tout cas pour que l'air puisse pénétrer dans mes poumons.

J'ouvris les yeux.

Que s'était-il passé ? Pourquoi Adriana avait-elle cessé de m'étrangler ? Par quel miracle étais-je encore en vie ?

Autour de moi, tout était trouble. L'intense lumière blanche s'estompait lentement... très lentement.

Je pris une profonde inspiration.

Adriana se tenait toujours près de moi. Le fil de fer à la main, elle ne bougeait plus, fascinée par quelque chose sur mon bureau.

Je clignai des yeux afin de chasser les derniers papillons scintillants qui m'aveuglaient.

Au bout de quelques secondes, ma vue redevint nette, et je compris ce qui la captivait ainsi.

Un des portraits de Sean avait glissé de mon carnet à dessin.

— Adriana ?

Elle ne broncha pas, ne cilla pas, pétrifiée. Elle ne paraissait même plus respirer.

Elle contemplait Sean, comme hypnotisée. Et l'on aurait dit que lui aussi la regardait.

Ils s'examinaient l'un l'autre. Adriana et le mort. Le seul garçon qu'elle eût jamais aimé.

Ivan s'approcha sans bruit de sa sœur et lui retira le fil des mains.

Elle ne parut même pas s'en apercevoir.

— Vite, va chercher de l'aide, m'ordonna-t-il doucement.

Je cessai de frotter ma gorge douloureuse. Oui, il fallait appeler la police, mais je ne risquais plus rien, maintenant. Le cauchemar était terminé.

Alors, sans même réfléchir, je me jetai dans les bras d'Ivan. Nous nous étreignîmes en silence, tandis qu'Adriana, envoûtée, fixait toujours le visage de Sean.

Ce visage qui m'avait tant déroutée, inquiétée, effrayée.

Ce visage qui m'avait sauvé la vie.

Déjà parus dans la collection Peur Bleue

CHRISTOPHER PIKE

Un squelette sous la mer - 4520/G
Diaboliquement vôtre - 4521/G
Week-end fatal - 4525/G
Dernier acte - 4620/G
La chaîne de la mort - 1 - 4644/E
La chaîne de la mort - 2 - 4723/E
Scénario macabre - 4532/G

NICHOLAS PYNE

Terror Academy - 1 - Court-jus - 5030/E
Terror Academy - 2 - Sous le choc - 5083/E
Terror Academy - 3 - Seize printemps - 5200/F
Terror Academy - 4 - Cours du soir - 5290/F
Terror Academy - 5 - Panique au collège - 5363/F

WOLFF RYP

Les secrets de la nuit - 1 - Le spectre - 4801/E
Les secrets de la nuit - 2 - Possédée - 4802/E
Les secrets de la nuit - 3 - La furie - 4970/E

R.L. STINE

Pari mortel - 4518/E
La chambre condamnée - 4519/E
La tombe sauvage - 4530/E
Coupés du monde - 4534/E
Halloween Party - 4622/E
Dans la peau d'une autre - 4671/E
Malédictions - 1 - La trahison - 4768/E
Malédictions - 2 - Le secret - 4833/E
Malédictions - 3 - Le brasier - 4896/E
Le bal de la mort - 4900/E
Lettres anonymes - 4939/E
Piège infernal - 4988/E
Dans le silence de la nuit - 1 - 5004/E
Dans le silence de la nuit - 2 - 5046/E
Chambre noire - 5084/F
Tapi dans l'ombre - 5113/E
La confession - 5222/F
Les murs ont des oreilles - 5242/F
Les vampires du clair de lune - 5271/F
Mauvais farceur - 5316/F
Le baiser de la mort - 5344/F
Portrait d'outre-tombe - 5381/F

5381

Composition Euronumérique
Achevé d'imprimer en Europe (Allemagne)
par Elsnerdruck à Berlin
le 25 octobre 1999.
Loi n° 49-956 du 16 juillet 1949
sur les publications destinées à la jeunesse
Dépôt légal : octobre 1999. ISBN 2-290-05381-3

Éditions J'ai lu
84, rue de Grenelle, 75007 Paris
Diffusion France et étranger : Flammarion